那片星空 那片海（下）

桐華 著

目錄

Chapter 11

我在這裡

不要認為你能指引愛的方向，
因為當愛發現你夠資格時，
自會為你指引方向。

畢竟是年輕，我的病來得快、去得也快。兩天後，所有不適的症狀全部消失，我的身體徹底康復了。

可是，在這兩天裡，我思來想去，依舊沒有辦法回答吳居藍的質問。

晚上，我洗完澡，剛吹乾頭髮，就聽到吳居藍叫我：「小螺，江易盛今天晚上值夜班，我們去醫院看看他。」

去看江易盛？去醫院？我的心突然地一跳，想了想，大聲說：「好！馬上就下來！」

我迅速地把睡衣脫下，換上外出的衣服，紮好頭髮，就往樓下跑。

走到媽祖街的街口，我們招了一輛計程車，二十多分鐘後，就到了醫院。

這是我第一次在江易盛值夜班時來找他，問了好幾個護士，才在住院部病房外找到了江易盛。

他驚訝地問：「你們怎麼來了？誰的身體不舒服？」

我說：「身體很健康，就是來看看你，陪你聊聊天。」

江易盛皮笑肉不笑地扯了扯嘴角，若有所思地掃了我和吳居藍一眼，問：「妳的感冒好了？」

「好了！」

江易盛說：「好得倒真快！走吧，去我辦公室坐一會兒。」

我們沿著長長的走廊走著，兩側都是病房。

因為時間還早，病人都還沒有休息，大部分病房的門都大開著。視線不經意地掠過時，總能看到濃縮的紅塵百態：老公幫癱瘓在床、不能翻身的老婆翻轉身體；老婆從床下拿出便壺，準備服侍不能行走的老公小解；有的病人瘦骨嶙峋、眼神死寂，孤零零一人躺在床上；有的病人頭上纏滿紗布，手臂上插著點滴，和家人有說有笑；有的兄妹為了醫藥費、在吵架嘔氣；有的夫妻一起分吃一個蘋果、情意綿綿……

小小的一方天地，卻把人生八苦都折射了——生、老、病、死、怨憎會、愛別離、求不得、五蘊熾盛[1]，讓看到的人都覺得莫名的壓力大。我有意識地控制著自己的目光，盡量只盯著前方看，不去看病房裡。

一直走到走廊盡頭，沒有了病房，我才鬆了口氣。

1引自〈佛說五王經〉。人生八苦即：生苦、老苦、病苦、死苦、愛別離苦、怨憎會苦、求不得苦、五蘊熾盛苦。

江易盛說：「我的辦公室在樓上，就兩層樓，咱們走路上去吧，等電梯更慢。」

我和吳居藍都沒有異議，跟在江易盛身後，進了樓梯間。

我們走到一半時，看到一個穿著淺灰色襯衫、黑色西裝褲的男人站在樓梯的轉角處，額頭抵著牆壁，正無聲地流淚。

看得出來，他正在努力壓抑哭泣，整個身體緊繃，下垂的兩隻手緊緊地握成了拳頭，可痛苦和絕望過於強大，讓他時不時地洩漏出一、兩聲破碎的嗚咽。

這是醫院，而且是重症病房區，誰都能想像到是為什麼，我們盡力放輕了腳步，希望能絲毫不打擾他地走過去。但樓梯就那麼大，他顯然察覺到了有人來，立即用手擦去了淚。

我和他擦肩而過時，忍不住仔細看了他一眼，這才發現是一張認識的面孔。我一下子停住了腳步，失聲叫道：「林瀚！」

他抬起了頭，看到我，努力地擠了個笑，「沈螺，妳好！」

我隱隱猜到他為什麼會在這裡哭泣，心情剎那間變得很沉重，我對江易盛和吳居藍說：「你們先上去，我和朋友聊幾句。」

等江易盛和吳居藍離開後，我試探地問林瀚：「你要有時間，我們在這裡坐一會兒？」

林瀚似乎早疲憊不堪，一聲不吭地在臺階上坐了下來。我挨著他，坐到了他身旁。

林瀚三十歲出頭，在稅務局工作，據說是最年輕的處級幹部[2]，年輕有為。我和他是在醫院認識的，因為我們有一個共同的身分——癌症病患的家屬。只不過，我是爺爺得了胃癌，他是妻子得了胃癌。

他的妻子發現得比我爺爺早，又年輕，還不到三十歲，及時做了手術，有很大的康復機會。我遇見他們時，他們正在進行手術後的康復治療，我曾經向他求教過如何照顧胃癌病人的護理知識，他給了我很多幫助和鼓勵，兩人迅速從陌生變得熟悉起來。

上一次我遇見他，是六個月前，也是在醫院。我幫爺爺來拿藥，碰到了他。他喜氣洋洋地告訴我，他陪妻子回診後，確認過手術很成功，應該會完全康復。

沒有想到，過了六個月，他又從希望的雲端跌到了絕望的深淵。

我躊躇著想問一下具體的情況，可又實在不知道該如何開口。

林瀚主動問：「妳怎麼在醫院？」

我說：「剛才那個醫生是我的朋友，我來看他。」

林瀚說：「不是來看病就好！我聽說妳爺爺去世了，本來打算去看看妳，但小芸檢查出癌細胞擴散了，我就沒時間聯絡妳了。」

我看他沒有迴避這個話題，應該是太過壓抑悲痛，願意和我這個有過類似經歷的人聊一下。我

---

2 處級幹部：中華人民共和國公務員的行政級別，處級幹部類似臺灣的科員至主任之間的職位。

問：「小芸姊現在怎麼樣？」

林瀚艱難的說：「醫生說……就這兩、三天了。」

我想了一下，才理解他的意思，他老婆這兩、三天就有可能死亡?!

我不敢相信地喃喃說：「怎麼會這樣？」

林瀚低垂著頭，哽咽地說：「我也一直在想怎麼會這樣。醫生說讓家屬做好心理準備，我都不知道該怎麼告訴她爸媽……我不知道這是為什麼，她還那麼年輕……婚禮上，她說最渴望的幸福就是和我一起慢慢變老，還說一定要生兩個孩子，可她連孩子都沒來得及生……」

我不知道該如何安慰林瀚，在死亡面前，所有的語言都顯得蒼白無力，我只能默默陪著他。

林瀚絕不是一個軟弱的男人，甚至可以說，他比我認識的絕大多數男人都堅強，否則不可能陪著妻子和病魔抗爭了兩年多。但此時此刻，所有的堅強都蕩然無存，他像個孩子般悲傷絕望地失聲痛哭。

我和林瀚說完話，目送著他離開後，沒有接著上樓去找江易盛和吳居藍，而是沿著樓梯慢慢地一階階往下走。

這一刻，我沒有勇氣去面對吳居藍，只想一個人待一會兒。

今天晚上，從他叫我出門的那一刻起，我就知道吳居藍另有目的，絕不是僅僅來看看江易盛這麼簡單。雖然我並不清楚他究竟想做什麼，但我做好了面對一切的準備。

走過病房時，我隱約明白了吳居藍的用意，但是，連吳居藍都肯定沒有想到他的醫院之行效果會這麼好，我竟然碰到了林瀚。

難道連老天都覺得他的選擇是正確的？

出了醫院，我沒有坐車，沿著人行道，心神恍惚地慢慢走著。

林瀚一個人躲在樓梯間裡默默哭泣的畫面一直在我腦海裡揮之不去。

從某個角度而言，我短短幾十年的壽命，對吳居藍而言，不就是像一個得了絕症的病人嗎？我和他在一起，不就是像林瀚的妻子和林瀚一樣嗎？在短暫的歡樂之後，是瑣碎的折磨之苦，漫長的別離之痛。

對林瀚的妻子而言，不幸已經發生了，當然希望有人能不離不棄地陪伴照顧自己，可對林瀚呢？如果沒有昨日的開始，是不是就不會有今日的苦痛呢？

那天晚上，聽到吳居藍質問我，「妳的愛就是明知道最後的結果是痛苦，還要自私地開始嗎？」我只是覺得我忽略了站在他的立場去考慮問題。

現在，我才真正地意識到，這不僅僅是立場的問題，而是，在時間面前，我對他而言，就是一個得了絕症的病人。

我要他愛我，就是要他承受愛我之後的痛苦，我要的愛越多，有朝一日，他要承受的痛苦也就越多。

這真的是我想要的愛情嗎？

不是！這肯定不是我想像中的愛情！

我徒步走了一個小時，走回了媽祖街，卻依舊沒有想清楚自己究竟該怎麼辦。

我在街口的小商店，買了一打的啤酒，提著啤酒去了礁石海灘。

我坐在礁石上，一邊喝著啤酒，一邊看著黑漆漆的大海。

電視劇中，有一個很俗濫的橋段：男主角和女主角在歷經磨難後終於在一起了，可突然間男主角或女主角發現自己得了絕症。這個時候，不管是男主角還是女主角，都會默默地把病情隱瞞下來，企圖把另一方趕走，希望對方不要再愛自己。

每次看到這樣的情節，我總會打著哈欠說：「能不能有點新意啊？」現在我終於明白了，為什麼這個橋段那麼俗濫，因為這是情到深處的一個必然選擇，編劇再想推陳出新，也不能違背人性。

我一邊大口地喝著酒，一邊用手指抹去了眼角沁出的淚，難道我也必須要像電視劇裡的女主角一樣忍痛割愛嗎？

可是，吳居藍不是電視劇裡的男主角，他可不會讓我怎麼趕他走，他都不走。

從一開始，他就態度很明確，壓根兒不想接受我！

如果不是我死纏爛打，他才不會搭理我呢！

他絕不會給我找死的機會，我必須要想清楚。

在海浪拍打礁石的聲音中，我打開了第六罐啤酒。理智上，我很清楚再這麼喝下去是不對，這裡絕不是一個適合獨自喝醉的地方，但是現在我就是想喝。算了，大不了待會兒打個電話給江易盛，讓他來帶我回家。

我正一邊喝酒，一邊胡思亂想，手機突然響了。

我掏出手機，看是吳居藍的電話，本來不想接，都已經塞回口袋裡了，可念頭一轉，終究捨不得讓他擔心，還是接了電話。

「喂？」

吳居藍問：「妳在哪裡？」

我裝出興高采烈的聲音，「我和朋友在外面喝酒聊天。不好意思，忘記先跟你和江易盛說一聲就出來了。」

「什麼朋友？」

「在醫院裡偶然碰到的一個老同學，本來只打算隨便聊一小會兒，可同學叫同學，竟然來了好幾個同學。你先回家吧，不用等我，我要晚一點回去。」

「多晚？」

我抓著頭髮說：「大家聊得挺嗨的，一時半刻肯定散不了，我帶了鑰匙，你不用管我，自己先睡吧！」

吳居藍沉默。

我覺得我已經裝不下去，瀕臨崩潰的邊緣，忙說：「他們叫我呢，你要沒事，我掛電話了。」說完，不等他回應，立即掛了電話。

我仰起頭一口氣把剩下的半罐啤酒全部喝完，又打開了一罐啤酒。

連著喝空了兩罐啤酒後，我突然莫名其妙地叫了起來：「吳居藍，我愛你！」

「沈螺很愛吳居藍！」

「吳居藍，有一個很好很好的女孩很愛你！你要是不珍惜，遲早會後悔的……」

我對著漆黑的大海，發洩一般亂嚷亂叫。

吳居藍，如果你和我一樣，或者我和你一樣，我一定會告訴你我有多麼愛你！

從小到大，我很想要像別的孩子一樣去好好地愛爸爸和媽媽，但是我的爸媽沒有給我這個機會。我積攢了很多很多的愛，多得我都捨不得給任何人，也不敢給任何人，因為那是平凡的我全部所有的，但是，我想給你。

我想用我的一生來好好地愛你，竭盡所能地對你好，用我所有的一切去寵你，讓你成為最幸福的男人！

可是，你不給我機會，我滿腔熾熱的愛，只能化作漆黑大海前、一聲聲無望的呼喊。天能聽見、地能聽見、大海能聽見，唯獨不能讓你聽見！

我一口氣又喝空了一罐啤酒，惡狠狠地把易開罐捏扁。

我含著眼淚對自己發誓說：「最後一次！如果他回應了我，就是命運告訴我不要放棄，如果他沒有回應我，就是命運告訴我應該放棄了！」

我放下啤酒罐，搖搖晃晃地站了起來，雙手攏在嘴邊，對著大海，用盡全身的力氣大聲叫：

「吳——居——藍！吳——居——藍……」

漫天星光下，海風溫柔地吹拂著，海浪輕柔地拍打著礁石。我站在高高的礁石上，像個瘋子一般，用盡全身力氣地叫著，一遍又一遍，好像要把全部的生命都消耗在叫聲中。

我知道不會有人回應！

我許下這個明明知道結果的誓言，只是逼自己放棄！

對著大海一遍遍呼喚他的名字，呼喚得聲嘶力竭，告訴自己這就是命運，我已經盡力。

從今往後，我會深埋這份感情，讓他覺得我也認為我們不適合。

我會告訴他，我能放下，也能忘記他，反正這個宇宙間唯一永恆的就是一切都會消失。連一顆恆星都能消失，何況一份感情呢？請他放心離開，我對他的感情一定會隨著時間消失！這是客觀下的規律，萬事萬物都不會違背！

我相信我說的時候一定很真誠，即使他盯著我的眼睛，他也會相信，因為我說的都是真話，絕對沒有欺騙他。

只是，我不會告訴他，我對他的感情消失所需要的時間！

我對他的感情肯定會消失在這個世界上，因為，我也肯定會消失在這個世界上！

「吳居藍！吳居藍！吳居藍……」

叫了幾百聲、幾千聲後，我的嗓子終於啞了，再也叫不出聲音來。

海天間，萬物靜默，沒有任何聲音回應我的呼喚。

這就是命運告訴我的最後結果，也是最好的結果！

我心若死灰，淚流滿面地仰起頭，看向頭頂的蒼穹。

繁星密布、星光璀璨。

迷濛的淚光中，數以萬計的星辰光芒閃耀，顯得離我好近，似乎伸出手就可以擁有它們。

多麼像吳居藍啊！那麼耀眼地出現，成為了妳的整片星空，讓世間所有的寶石都黯然失色。但是，妳只能看著，永遠都不能擁有！

我蠱惑地朝著星空伸出雙手，想要擁抱住整個蒼穹。

突然，一道流星出現，快若閃電地滑過半個天際，消失在海天盡頭。

我根本來不及思考什麼流星許願，可當我的目光自然而然地追隨著它的光芒時，腦海中唯一閃過的念頭就是：我要吳居藍！

當流星消失後，我忍不住嘶啞著聲音又叫了一次：「吳居藍！」

沒有回應。

我含著淚罵自己：「真是個白痴！」

明知道是騙人的，竟然還許願！如果對著流星許個願就能實現願望，全世界的人都不用辛苦工作了，每天晚上對著天空等流星出現許願就好了！

我正看著星星流眼淚，一個念頭像流星一般閃過腦海，我的身體一下子僵住了。

「如果妳想瞭解他，不要去聽他說出的話，而是要去聽他沒有說出的話。」

我怔怔地站了一會兒，像是如夢初醒般，急急忙忙地掏出手機。通話記錄裡，最近的記錄是「吳居藍」，已經是兩個小時以前。

我顫抖著手點了一下他的名字，撥通了電話。

熟悉的手機鈴聲響起，雖然很微弱，但是在這寂靜的夜晚，除了輕柔的海浪聲，只有它了，聽得一清二楚。

原來，不是他沒有回應，而是，我叫他的方式不對。

他在這裡，他竟然一直都在這裡！

剎那間，震驚、狂喜、慶幸、悲傷、苦澀……各種激烈的情緒洶湧激盪在心裡，攪得我的大腦如同沸騰的開水，一片霧氣迷濛，讓我悲喜難辨，既想大笑，又想大哭。

叮叮咚咚的鈴聲結束時，吳居藍出現了。在漫天星光下，他站在高處的山崖上，居高臨下地看著我。

剛才不知道他在時，我對著海天不停地大喊大叫，好像恨不得整個世界都聽到我在叫他。此刻，他近在我眼前，我卻一聲都叫不出來，只是呆呆地盯著他。

他從山崖上飄然而下，黑暗對他沒有絲毫的影響，嶙峋的礁石也對他沒有絲毫的阻礙，他如履平地一般，轉眼就到了我的面前。

他風華卓然，款款站定在我面前。眉眼間深沉平靜，神色上從容不迫，就好像他壓根兒不是被我逼得沒有辦法才出來見我，而是花前月下，前來赴約。

其實，我們分別不過幾個小時，但我的心已經在死生之間來回幾次。看著他，就像是歷經磨難後的久別重逢。

失而復得的喜悅，劫後餘生的心酸，委屈自憐的怨恨，還有面對心愛之人的緊張羞澀……我百感交集地看著他，似有千言萬語要傾訴，最終卻變成了一句輕飄飄的詰問：「為什麼鬼鬼祟祟地躲在暗處？」

「我答應過江易盛，在沒有查清楚那些人的來歷前，不會讓妳單獨待著。」

我明白了，他不是後來才找來的，而是從一開始就沒有離開過。我和林瀚在樓梯間說話時，他並沒有離開，而是守在一旁。後來我沒有打招呼地離開了醫院，他也一直跟在後面。

那麼，他應該什麼都看見了，也什麼都明白了。

想到他看到了我落寞地喝酒買醉，撒謊說自己和朋友在喝酒聊天，還有那些聲嘶力竭的掙扎和痛苦……我叫了幾千遍他的名字，他明明就在一旁，卻能夠一聲不吭，冷眼看著我把自己逼到死地……

我又悲又怒，忍不住舉起手狠狠地打著他。

這一刻，我是真的恨極了他，下手毫不留情，咬牙切齒、使盡全身力氣地打，簡直像是在打生死仇敵。

他一動不動，一言不發，任由我打。

我打著打著，只覺得說不出的委屈心酸，淚水潸然而下，抱著他嚎啕大哭了起來。

他終於伸出手，輕輕地拍了拍我的背。

我嘶啞著聲音，嗚嗚咽咽地叫：「吳……居藍……」

這一次，他沒有假裝沒聽到，而是一字字清晰地說：「我在這裡。」

我不敢相信，愣了一愣，哽咽著又叫了一遍：「吳居藍！」

他非常清晰地又說了一遍：「我在這裡。」

我擦了擦眼淚，像是不認識他一樣盯著他。

吳居藍目光沉靜地凝視著我。

我吸了吸鼻子，瞪著他，惡狠狠地說：「我不放棄！不管你怎麼想，說我自私也好，臉皮厚也好，反正我不放棄！就算有一天我死了，留下很多痛苦給你，我也不放棄！和你相比，我的生命是很短暫，但我會把我全部的生命都給你！」

吳居藍沉默不語，只是看著我。他的目光和以前不太一樣，漆黑的深邃中閃耀著靛藍的熠熠光朵，就好像萬千星辰都融化在他的眼眸中，比浩瀚的星空更加璀璨美麗。

我緊張地問：「你、你……在想什麼？」我已經太害怕他翻臉無情的冷酷了，生怕他又說出什麼傷人的話。

他平靜地問：「這就是妳的選擇？」

我堅定地說：「這就是我的選擇！」

他平靜地問：「就算會給妳帶來痛苦？」

我堅定地說：「就算會給我帶來痛苦！」

他平靜地問：「就算會給我帶來痛苦？」

我堅定地說：「就算會給你帶來痛苦！」

吳居藍微微而笑，斬釘截鐵地說：「好！」

我不知道他的「好」是什麼意思，但是，他的微笑讓我忘記了一切，只覺得沉沉黑夜霎時間變成了朗朗白晝，似乎有溫暖的陽光漫漫而下將我包圍，替我帶來了融融暖意。

吳居藍說：「我們回去，再待下去，妳又要感冒了。」

他的語氣太溫柔，讓我完全喪失了思考功能，只知道順服地點頭。

一路之上，他一直牽著我的手，沒有放開過，我也一直處於大腦當機的狀態。

暈暈乎乎地回到了家裡，當他放開我的手，讓我上樓去休息時，我才反應過來，我好像還沒有問清楚他究竟是怎麼想的。

我站在樓梯口，遲遲不願上樓。

吳居藍問：「怎麼了？」

我鼓足勇氣，結結巴巴地問：「剛才在海灘上，你、你說的『好』……是什麼意思？」

他轉身進了書房，拿著一個筆記本走了出來，把它遞給我。

是他畫了三幅素描圖的那個筆記本，真的是讓人記憶深刻的東西！我忍不住打了個寒顫，咬了咬牙，硬著頭皮接了過來。

吳居藍輕撫了下我的頭，溫和地說：「別緊張，這次不是……」不是什麼，他卻沒有再說。

「嗯！」我嘴裡答應著，心情可一點也沒有辦法放鬆。

我懷著壯士赴死的心情，拿著筆記本，匆匆上了樓。

剛關上臥室的門，我打開筆記本。翻過三張素描圖後，緊接的一頁紙上寫滿了飄逸雋秀的字。讀了兩句後，我一下子鬆了口氣，不是什麼冷酷傷人的話，而是紀伯倫的散文詩《論愛》。

當愛召喚你時，跟隨他，儘管他的道路艱難險阻。

當愛的羽翼擁抱你時，依從他，儘管羽翼中藏著的利刃可能會傷害你。

當愛同你講話時，信任他，儘管他的言語會粉碎你的美夢，就像北風吹荒了花園。

愛為你戴上冠冕的同時，也會把你釘在十字架上。

愛雖然能讓你生長，卻也能將你削剪。

愛雖然能攀扶而上，輕撫你搖曳在陽光中的枝葉；卻也能俯拾而下，撼動你泥土深處的根鬚。

所有這些都是愛對你的磨練，讓你能知曉內心深處的祕密，你的認知會化作你生命的一部分，完整你的生命。

但是，如果你因為恐懼，只想尋求愛的平靜和愉悅。那麼，你最好掩蓋住真實的自我，避開愛的試煉所。進入不分季節的世界，在那裡你可以歡笑，但是無法開懷大笑；你可以哭泣，但無法哭盡心中所有的淚水。

不要認為你能指引愛的方向，因為當愛發現你夠資格時，自會為你指引方向。

我連著讀了好幾遍後，緊緊地抱著筆記本，靠在臥室的門上，含著眼淚，微笑閉上了眼睛。

剛才，吳居藍一進書房，立即就拿著筆記本走了出來，顯然不可能是今天晚上剛寫好的。我猜不到他是什麼時候寫的，也許是那晚他質問我之後寫的，也許是他這兩天思考時寫的。

無論怎麼樣，在這段感情裡，痛苦地思考和選擇的人不僅僅是我一個，他逼問我的問題，他也在逼問自己。

不管過程如何，結果是我們不約而同做了同樣的選擇，讓愛就是愛吧！至於痛苦，我們甘願承受！因為這就是愛的一部分！

Chapter 12

我的男朋友

只要你在我心裡一天，我就會緊張一天，
緊張你被別人傷害到，緊張我不小心委屈到你，緊張你不開心，
這些和你是堅強或脆弱沒有任何關係。

我接到周不聞說要來小住幾天的電話時，他已經在來海島的船上了。幸好房間一直沒有人住，都打掃得很乾淨，我只需準備好乾淨的浴巾和盥洗用品就可以了。

三個多小時後，敲門聲響起，我去開門，看到周不聞身後還跟著周不言。我很意外，上次不歡而散後，我以為以周不言的千金大小姊的性子，絕不會再踏進我這裡一步，沒想到她竟然又隨著周不聞來了。

周不言甜甜一笑，主動和我打招呼：「沈姊姊，牌匾上的四個字寫得可真好，是哪位大書法家的筆墨？」她說著話，拿出手機，對著匾額照了兩張照片。

既然她能絲毫不記仇、主動示好，我也不是會耿耿於懷的人，笑說：「謝謝誇獎，是吳居藍寫的。」

周不聞和周不言都詫異地看向吳居藍，他們的目光就好像看到一個深山裡走出來的窮孩子竟然

會說流利的英文一樣。

我一下子不舒服了，走了兩步，用身體擋住他們的目光，說：「吳居藍不僅字寫得好，古琴也彈得特別好。」

周不言不相信地說：「網路上流傳的那兩段影片我也看過了。爺爺對中國的傳統文化最感興趣，我本來還想讓爺爺看一下的，可是那些影片全被刪了。有人發文爆料說都是假的，只是做生意的炒作手段而已。」

周不聞大概覺得周不言的話說得太直白犀利了，忙補救地說：「不言的意思是指宣傳行銷手段，在商業手法來說，有些誇張是十分正常的。」

我納悶地問：「影片全被刪了？還有人說我們是虛假炒作？」難怪最近再沒有接到訂房的電話了，我還以為是網友們的熱情已經如風一般過去了。

周不聞詫異地說：「難道妳不知道？我以為是你們要求網站刪的！」

我正要開口辯解，一直沉默的吳居藍突然插嘴說：「是我做的，小螺不知道。」

既然是吳居藍做的，我就懶得再追究，而且他的身分特殊，的確能少出風頭就少出風頭，只是完全沒有想到他竟然態度驟變，還有耐心和網站交涉。

轉念間，我心平氣和了，何必在乎周不言怎麼看吳居藍呢？不管我的吳居藍再好，都無須向她證明！

我微笑著對周不聞和周不言說：「將來有的是時間聊天，先上樓去看看你們的房間吧！」

我帶著周不聞和周不言上了樓，本來以為周不聞會住在以前住過的大套房，周不言住他相鄰的客房。沒有想到，兩人幾乎沒怎麼討論，周不言就住了套房，周不聞住在了相鄰的客房。顯然，周不聞照顧周不言已經成為了習慣，周不言也早已習慣被照顧，兩人間的小動作和眼神非常有默契，顯得十分溫馨。

我站在一旁，默默地看著。等他們選定了住處，確定沒有缺什麼東西後，我讓他們先休息，自己下樓離開了。

我走進廚房，吳居藍正站在洗碗槽前洗菜，我從背後抱住他，臉貼在他背上，悶悶地不說話。

吳居藍打趣說：「電話裡熱情洋溢地說著歡迎，怎麼人真的來了，又一副不高興的樣子，難道是覺得周不言礙眼了？」

我說：「才不是呢！我只是覺得……哪裡有點怪怪的。」

吳居藍安慰：「本來屬於自己的大頭哥哥被人搶走了，嫉妒難過都很正常！」

我怒了，張嘴咬在吳居藍的肩頭。

吳居藍說：「妳小心牙疼。」

他肩頭的肌肉硬邦邦的，的確好難咬啊！我哼哼著說：「才不會疼呢！」

「牙不疼，就該心疼了。」

「為什麼心要疼？」

「如果妳牙不疼，就是我疼了。我疼了，妳難道不該心疼嗎？」吳居藍一邊說話，一邊把菜撈到盆子裡放好，一本正經得不能再一本正經了。

我卻傻了，我這是被調戲了嗎？啊！啊！啊！我家的冰山吳居藍竟然會調戲我了哎！

吳居藍轉身，把兩個空菜盆放到我手裡，「廚房的屋簷下放了茼蒿、豆苗、菠菜和美生菜，都幫我洗了，我們晚上吃火鍋。」

「哦——」我仍處在主機板過熱的當機狀態，拿著菜盆，機械地走出了廚房。

我坐在小板凳上，一邊傻笑著回想剛才吳居藍的話語，一邊拿著幾根茼蒿，對著水龍頭沖洗。沖一會兒，就放到乾淨的盆子裡，再從青石地上拿起幾根茼蒿，接著沖洗。

周不聞的聲音從身後傳來，「妳在幹什麼？」

「洗菜啊！」

「洗菜？菜也能乾洗嗎？」周不聞走過來，打開了水龍頭。

水嘩啦啦地落到我手上，我終於清醒了，水龍頭竟然沒有開。

我看看盆子裡髒乎乎的菜，若無其事地把菜倒回青石地上，鎮定地說：「我們晚上吃火鍋，周不言喜歡吃什麼？如果家裡沒有，打個電話給江易盛，讓他過來時，順便帶一點。」

可惜周不聞和我朝夕共處了三年多，對我這種空城計、圍魏救趙的花招太熟悉了，「不言喜歡吃魚和蔬菜，你們應該都準備了。」

周不聞拿了一個小板凳坐到我身側，一邊幫我洗菜，一邊問：「剛才在想什麼？」

我鎮定地說：「我在思考那些人究竟想要什麼。」

周不聞含著笑問：「那些人？哪些人？」一副等著看我說的樣子。

「搶我錢的人，到我家偷東西的人，晚上攻擊我的人。」

周不聞不笑了，驚訝地看著我，「什麼意思？」

我在心裡對自己比了個剪刀手，得意地想，他瞭解我，我又何嘗不瞭解他？誠心想騙總是騙得過的！

我笑咪咪地把最近發生的事和我的推測說了出來，還把江易盛追查那兩個小偷的事也告訴了周不聞，讓他從律師那邊再打聽一下。當然，一些和吳居藍有關的事，我沒有告訴他，倒不是我覺得周不聞不可靠，只是有些事知道的人越少越好。

周不聞沉重地說：「這麼大的事，妳為什麼不早點告訴我？」

「現在告訴你也不晚啊！」

周不聞問：「妳想到會是因為什麼原因了嗎？」

「沒！所以還在苦苦地思索！」

周不聞沉默地洗著菜，我若有所覺，迅速回頭，看到周不言站在客廳門前，盯著我和周不聞。雖然她立即甜甜地笑著說：「沈姊姊，要我做什麼？我也可以幫忙的。」但我從小寄人籬下，極度的不安全感讓我對他人的好惡感覺很敏銳，我明顯地感覺到了周不言對我的敵意。

周不聞笑，「周小姊，妳還是好好坐著吧！妳一進廚房幫的都是倒忙。」周不聞對我半解釋、半誇獎地說：「不言三歲就開始練鋼琴、學繪畫，非常有天賦，嬸嬸十分在意她的手，從不讓她做家事，她對廚房的工作一竅不通。」

周不言不依了，嬌嗔地說：「什麼呀？有一次你生病了，我還給你做了番茄雞蛋麵。」

周不聞忍著笑說：「少了幾個字，番茄雞蛋殼、半生麵。」

周不言帶著點撒嬌，蠻橫地說：「反正你全吃了，證明我做的還是好吃的。」

「好，很好吃！」周不聞繳械投降。

我突然想到，雖然一個叫周不聞，一個叫周不言，對外說是堂兄妹，可實際上他們倆沒有絲毫的血緣關係。如果周不言喜歡周不聞，對我心生誤會，有敵意很正常。

我站了起來，把自己的位置讓給周不言：「妳要沒別的事忙，就幫我洗菜吧！」

周不聞做出憂鬱狀，「待會兒我們吃到沙子，算誰的錯？」

「你的！」我和周不言異口同聲，只不過語調不同，一個硬邦邦的，一個軟綿綿的。

周不聞好笑地看著我們，「憑什麼算我的錯？」

我說：「你在不言旁邊，如果菜沒有洗乾淨，肯定是你這個做大哥的錯了。」

周不言用力的點頭。

我不再管他們的事，晃蕩著去了廚房。

吳居藍正在熬煮火鍋的湯底，聽到我的腳步聲，回頭看了我一眼。

我也不知道為什麼，無端端地生出幾分羞澀，心裡哀嘆，被調戲的後遺症現在才出現？我的反射弧[3]不會這麼長吧？

吳居藍說：「廚房裡熱，別在這裡待著。」

兩個爐子都開著大火，一個吳居藍在爆香，一個在燉魚頭，廚房裡的確熱氣騰騰的。剛才就是這個原因，他才把我哄出去的吧！我心裡又甜又酸，問：「你不熱嗎？」

吳居藍自嘲地說：「我體質特異、天賦異禀。」

「哼！碳生物[4]能有多大差別？」

我轉身出了廚房，不一會兒，拿著一個小電風扇進去。爐子開著火，不能對著爐子吹，就擺在地上，讓空氣的對流加快，比剛才涼快了一點。

吳居藍說：「妳去客廳的櫥櫃裡看看還剩些什麼酒，江易盛說要帶一個女朋友來，讓我們替他做足面子。」

「他約會，我們出力？等他炫耀琴棋書畫、博學多才時，我們不拆他臺就是捧場了。」

我嘀咕了兩句，還是乖乖地離開了廚房，去為江易盛準備約會的道具。不是不清楚吳居藍的用意，但只能甜蜜地中計了。

3 反射弧（reflex arc）是指整個反射活動的神經傳導過程與結構。引申為人對事物的反應快慢，長為慢，短為快。

4 碳生物（carbon-based life）是指以碳為主要組成元素的生命體。人類基本是以碳和水組成的生物。

長年接受好萊塢的愛情電影和各國偶像劇的薰陶，我在渲染情調方面，還是有幾招的。

庭院正中間，兩張方桌併在一起，組成了一個長桌，鋪上潔白的桌布，擺上六把藤椅，第一步算是做完了。

我拿了把剪刀，在院子裡轉來轉去，這邊剪幾枝九重葛、龍船花，那邊剪幾枝文殊蘭、五色梅，還有紅雀珊瑚、七里香……反正院子裡的花花草草夠多，可以讓我隨意採剪。

周不言好奇地問：「沈姊姊，妳是要插花布置餐桌嗎？」

我一拍額頭，笑說：「我竟然忘記了有高手在的！妳會畫畫，懂設計，幫我插一下花吧！」

周不言謙虛地說：「不一樣的。」

「藝術是共通的，一通百通！不言，幫幫忙了！」

周不聞笑說：「插花總比洗菜好玩，反正都是熟人，妳隨便插插就好了。」

我說：「是啊！妳隨便插插肯定也比我弄的好看。」

周不言不再推辭，走過來，翻著花問：「沈姊姊家裡都有什麼樣子的花瓶？插花不但要根據花的顏色、形狀，還要根據器皿的形狀、材質。」

我神祕地笑笑，「妳等等。」

我去書房，抱了一個長約半尺多的褐色海螺走出來，「用它。」

「好大的海螺！」

「這叫天王赤旋螺，曾經是馬雅人愛用的物品，他們用它做號角和水壺。今天，我們就用它做花瓶。」

周不言覺得很有挑戰性，一下子興奮了，「挺有意思的！」

天王赤旋螺是海裡的捕食者，算是海螺裡的霸王龍。這個天王赤旋螺橫放在桌上時，呈梭形，長度有六十多公分，高度有三十多公分，開口呈不規則的扇形狀。

周不言盯著海螺觀察了好一會兒，才開始插花。

我知道這是個慢功夫，站在一旁看了一小會兒，確定周不言用不著我幫忙時，就繼續去忙自己的事了。

既然是晚餐，當然不能少了燭光。

我拿出之前一直捨不得賣掉的一套海螺蠟燭。海螺蠟燭並不難做，卻十分好看。挑選姿態各異、色彩美麗的海螺做殼，插好燭芯後，灌入與之相配的顏色的熱燭油，等燭油冷卻凝固後，就變成了蠟燭。使用時，既可以欣賞燭光跳躍的美麗，也可以欣賞海螺的美麗。

我在每個座位前擺放了一個小海螺蠟燭，在長桌中間擺放了兩個大蠟燭，正好把一套八個蠟燭用完。

OK！燭光有了！還有……

我從家裡收藏的硨磲貝殼裡，挑了三對差不多一樣大的，放在海螺蠟燭旁。倒進清水，把金桔切成薄片，放進去兩、三片，再在硨磲的一端放一簇龍船花，緋紅的花朵點綴在白色的硨磲貝上十分嬌豔美麗。

我忙完時，周不言也差不多完工了。

她不愧是學繪畫、做設計的，完全抓住了天王赤旋螺的野性和力量，還充分考慮了周圍的色彩。天王赤旋螺擺放在長桌的正中間，長長的潔白桌布像是無邊的浪花，褐色的天王螺像是冷峻的山崖，海螺上凹凸不平的螺紋成了完美的天然裝飾。一條條綠色的藤蔓生長在崖壁上，或攀援、或飄搖，展現著生命的勃勃生機；各種嬌豔的花從山崖裡拔出，轟轟烈烈，迎風怒放，彰顯著生命的肆意和爛漫。

我讚嘆說：「真好看！」

「謝謝！」周不言對自己的作品顯然也很滿意。

天色漸黑，吳居藍看時間差不多了，開始上菜。

六個小火鍋，一個座位前放一個，調味碟一人有四個，放著各種調味料，可以隨意配用。食材放在桌子中間，大大的白瓷盤裡放著冰塊，冰塊上放著龍蝦膾和各種魚膾，可以生吃、也可以涮火鍋。還有鮮蝦、墨魚丸和各種綠油油的蔬菜，整整齊齊地放在白盤裡，十分誘人。

我忍不住鼓掌喝采，「我們的晚餐絕對比高級餐廳的還高級！應該向江易盛那小子收錢！」

說曹操、曹操就到，江易盛推開院門，帶著一個女子走了進來，兩邊一照面，都愣了一愣。

江易盛那邊愣，是因為院子正中間的那個長長的餐桌實在是太美麗誘人了。我這邊愣是因為江易盛身側的那個女子實在太有視覺衝擊力了。

一襲修身V領玫瑰紅裙，腰肢盈盈一握，胸部卻波濤洶湧。身高應該和我差不多，一百七多一點，可她穿了一雙十公分高的高跟鞋，顯得腿十分修長。俐落的短髮，耳朵和脖子上戴著整套的鑽石首飾，閃耀奪目的光芒和她明豔立體的五官相得益彰，非常美麗、非常女王。

江易盛對我們介紹身邊的女子，「從國外來我們醫院交流的醫生，巫靚靚。」

巫靚靚笑著說：「你們叫我靚靚好了，不用不好意思，我喜歡人家一開口就誇我美麗。」

在江易盛的介紹下，大家寒暄了幾句後，很快就都認識了。

我招呼大家入席，女生坐了一邊，男生坐了一邊。吳居藍和我相對，坐在起首；周不聞和周不言相對，坐在中間；江易盛和巫靚靚相對，坐在末尾。因為一人一個火鍋，吳居藍把每份食材都準備了雙份，不管坐在哪裡，都很方便。

已經七點，天色將黑，我拿著打火槍，先把桌上的兩個大蠟燭點燃，再把每人面前的一個小蠟燭點燃。

燭光花影中，沸騰的小火鍋裡飄出濃郁的魚頭香，美景和美食雙全。

六個人一起碰了一下杯後，開始邊吃邊聊。

巫靚靚笑問：「小螺，這個硨磲殼裡裝的是什麼？」

我說：「清水。洗手用的，吃海鮮免不了要動手，光用紙巾擦，還是會覺得黏糊糊的。我往水裡放了幾片金桔，既可以潤膚，又可以去腥氣。」

巫靚靚說：「很周到及貼心，今天晚上的晚餐實在太出乎意料了，非常感謝。」

「妳是江易盛請來的貴客，應該的。」我笑著看了江易盛一眼，他悄悄做了個感謝的手勢。

巫靚靚看著桌上的海螺插花說：「這插花非常有設計感，肯定不是花店插的吧？」

我說：「是不言插的。」

「不言是做什麼職業的……」巫靚靚感興趣地問。

我看巫靚靚和周不言聊得很投機，不用我再招呼，趕緊照顧自己餓腸轆轆的五臟廟。

吳居藍把一小碟熱騰騰的蝦放到我面前，是我最喜歡吃的帶殼蝦。把去掉頭、抽了蝦線、仍帶著殼的蝦，丟進沸騰的湯裡，煮到蝦身彎曲，蝦殼變得亮紅，立即撈起，又鮮又嫩。只是火候不好掌握，時間短了，會半生不熟；時間長了，又老了。有客人時，時不時要陪客人說話，很容易就變老了。

我笑看了吳居藍一眼，放下筷子，直接用手剝蝦吃，果然火候剛剛好。

我正吃得開心，聽到巫靚靚說：「小螺……」

我急忙把吃了一半的蝦放下，抬頭看向巫靚靚，微笑著等她說話。

巫靚靚卻看著吳居藍，突然走了神，忘記了要說什麼。

我困惑地看了吳居藍一眼，他也沒有做什麼怪異的動作，只是冷淡地盯著巫靚靚。我說：「靚靚？」

巫靚靚回過神來，笑說：「妳繼續吃蝦吧！」

這是什麼意思？我看巫女王已經端起紅酒，對江易盛舉杯，決定從善如流，繼續吃蝦。

吃完蝦，我的目光在食材上搜尋，還想吃什麼呢？

魚片吧，一下鍋就撈起的魚片，沾一點點的辣椒油，又鮮又辣，十分刺激爽口。

剛要去夾魚片，一碟煮好的白嫩嫩魚片放在了我面前，上面還滴了幾滴辣椒油，不多也不少，正是我想要的辣度。

我尷尬地看著給我魚片的周不聞，他這算什麼呢？吳居藍和我面對面坐著，遞東西很方便，並不惹人注意。周不聞和我坐的是斜對面，他要遞東西給我，必須站起來，全桌子的人都看到。

周不聞瞟了吳居藍一眼，微笑著說：「妳從小就愛吃的魚片。」

周不聞是故意的，他肯定覺得我不會拒絕。當著這麼多人的面掃老朋友的面子，絕不是我的做事風格。但如果接受了……我下意識地去看吳居藍，吳居藍像什麼事都沒有發生一樣，夾了一片龍蝦放進鍋裡。

這個時候，如果吳居藍像江易盛、巫靚靚、周不言他們一樣，盯著我看，我會很鬱悶，但吳居藍完全不看我，我好像更鬱悶。

我笑了笑說：「謝謝大頭！不過，我最近有點火氣大，不能吃辣，我男朋友正好很喜歡吃辣的，讓他幫我吃了吧！」

我把魚片碟放到了吳居藍面前，然後笑咪咪地拿起湯匙，體貼地給魚片加了滿滿三勺的辣椒油。讓你袖手旁觀！讓你置身事外！讓你漠不關心！

紅燦燦的辣椒油過於奪目，滿桌的人都盯著那一碟完全浸泡在辣椒油裡的魚片。吳居藍在所有人的目光下，夾起魚片，一片又一片，很鎮定地全吃了下去。只是，吃完後，他立即端起冰檸檬水，一口又一口地喝著。

我立即覺得心情好了，又覺得心疼，把自己的冰檸檬水放到了吳居藍面前。

江易盛和巫靚靚都用看怪物的目光看著我。

周不聞突然問：「小螺，吳居藍什麼時候是妳男朋友了？怎麼從來沒聽妳提過？」

江易盛也回過神來，「對啊！小螺，妳什麼時候是吳大哥的女朋友了？」

巫靚靚和周不言都豎著耳朵，感興趣地聽著。

我說：「中秋節那天晚上。沒打算瞞著你們，只是一直沒有合適的機會說而已。」

江易盛話裡有話地說：「吳大哥，小螺不是逗我們玩的吧？這種事可不能開玩笑的，我們都會當真！」

我的心懸了起來，緊張地盯著吳居藍。雖然那天晚上他說了「好」，這幾天也的確對我很好，沒有再說過任何傷人的話，但是，我突然自作主張的宣布他是我的男朋友，他能接受嗎？會不會不高興，甚至否認？

吳居藍沉默地放下了手中的水杯，視線從桌上的幾個人臉上一一掃過，他那種食物鏈中高級物種俯瞰食物鏈中低等物種的冷漠，讓所有人都有點受不住，下意識地低下頭迴避了。

最後，他看著江易盛，面無表情地說：「我正式宣布，沈螺是我的女人，從現在開始，如果任何人再對她有任何不良企圖，我都會嚴懲。請在採取行動前，仔細考慮一下能否承受我的怒火。」

我用手半遮住臉，身子一點一點往下滑。幾分鐘前，我還怨怪吳居藍的漠不關心，一點也不會「吃醋」，幾分鐘後，我已經囧得只想鑽到桌子底下去了。別的人大概也都被囧住了，僵硬地坐著，沒有一個人發出聲音。

吳居藍卻沒有任何不好的感覺，從容地收回目光，又端起冰水，一口又一口地優雅喝著。

江易盛最先回過神來，「呵呵」乾笑了幾聲，沒有找到能緩和氣氛的話，又「呵呵」乾笑了幾聲，還是沒有找到。正打算繼續乾笑，巫靚靚幫他解了圍，端起酒杯，笑著對我說：「恭喜！」

江易盛急忙也舉起了杯子，「我們乾一杯吧！祝福小螺和吳大哥。」

碰杯和祝福聲中，氣氛總算從詭異漸漸恢復了正常。

＊ ☆ ★ ☆ ＊

隨著桌上食物的減少，大家吃的時間漸少，聊天的時間漸多。

巫靚靚說：「如果我沒認錯，這個用來插花的海螺應該是天王赤旋螺吧？」

「是的。」

巫靚靚又指著插花兩側的大蠟燭說：「這兩個海螺的色彩瑰麗，形狀猶如美人輕舒廣袖、翩翩起舞，應該是女王鳳凰螺。有意思！天王旁立著女王，像是娥皇女英、雙姝伴君[5]，但妳可知道，天王赤旋螺是專吃女王鳳凰螺的？」

周不言吃驚地「啊」了一聲，盯著桌上的三個海螺，似乎很難想像這麼美麗的海螺竟然是捕食者和被捕食者的關係。

「我知道。」我感興趣地問：「妳能認出別的海螺嗎？」

巫靚靚看著每個人面前的海螺蠟燭說：「我和江醫生面前的海螺特徵太明顯，顏色潔白如雪、骨刺細長綿密，很好認，是維納斯骨螺；不言和周不聞面前的海螺色澤緋豔，螺層重疊，猶如鮮花怒放，是玫瑰千手螺；妳和吳大哥面前的海螺有十二條肋紋，如同豎琴的琴弦，是西非豎琴螺。」

巫靚靚用丹寇紅指敲了敲洗手的白貝殼，「這個說過了，硨磲。」

我笑著讚嘆：「全對！這些雖然不是什麼罕見的海螺，但能一一叫出名字也絕不容易。我是從小聽爺爺說多了，不知不覺記下的，妳呢？」

「和妳一樣，家傳淵源，我奶奶算是海洋生物學家，從小看的多了，自然就記住了。」巫靚靚夾起盤子裡剩下的魚尾，晃了晃問：「有誰想吃魚尾？」

江易盛、周不言、周不聞都表示不要，我看著魚尾，心神恍惚，一時沒有回答。

「給妳！」巫靚靚站起身，笑著把魚尾放進了我的火鍋裡。

鍋不算大，魚尾不算小，半截浸在沸騰的湯裡，半截還露在外面。我不知道為什麼，像是被惡夢魘住，全身僵硬，竟然連用筷子把魚尾塞進鍋裡的勇氣都沒有，只是呆看著那條露出水面的魚尾因為沸騰的熱氣在我面前不停地顫動。

幸好，有人及時救了我，把魚尾夾走了。

我剛鬆口氣，卻發現夾走魚尾的人是吳居藍，我又立即緊張起來，恨不得從他的鍋裡搶過來。吳居藍神情自若地把魚尾燙熟，慢條斯理地吃了起來。大概因為他沒有一絲異常，我漸漸放鬆了，甚至為自己剛才的反應羞赧。

本來就已經吃得差不多了，這會兒鬧了這麼一齣，我沒了胃口，放下筷子說：「我吃飽了。」大家也紛紛表示吃飽了，江易盛建議女士們去客廳休息，男士們留下收拾碗筷，得到了女士們的熱烈支持。

我招呼巫靚靚和周不言去客廳坐。

巫靚靚看到客廳和書房都擺著姿態各異的海螺裝飾，禮貌地問：「介意我四處參觀一下嗎？」

「請隨意！有喜歡的告訴我，我送給妳。不過，有些是爺爺喜歡的，我要留著做紀念。」我笑著說。

巫靚靚一邊慢慢地踱步，一邊仔細地看著。我知道她是內行，不需要別人介紹，由著她去看。

---

5 娥皇女英、雙姝伴君：上古傳說，堯的兩個女兒——娥皇女英後嫁給舜；君則指舜。

我陪著周不言坐在沙發上，一邊吃水果，一邊說話。

沒多久，周不聞和江易盛都進來了，江易盛對我說：「別的都收拾好了，只剩下洗碗，吳大哥說他一個人就行了。」

「茶几下的抽屜裡有撲克牌和麻將，你們想打牌的話，自己拿。」我端起一盤水果走到廚房。洗碗槽前，吳居藍穿著爺爺的舊圍裙，靜靜地洗著碗。我站在廚房門口，靜靜地看著他。此景此人，就是情之所繫、心之所安，若能朝朝暮暮，就是歲月靜好、安樂一生了。

吳居藍抬頭看向我，我燦然一笑，快步走進廚房。

我用水果叉叉了一塊西瓜，想要餵給他。

吳居藍說：「妳自己吃吧！」

「沒有。」

我把西瓜連著碟子放到了身側的桌臺上，鼓足勇氣問：「你是不是不高興了？」

我試探地問：「我沒有徵求你的同意就當眾宣布你是我的男朋友，你不生氣嗎？」

「不。」

「我、我對……那條魚尾的反應……你失望了嗎？」說到後來，我幾乎聽不到自己在說什麼。

「沒。」

我咬著唇，不知道該怎麼辦了。

吳居藍停下了洗碗的動作，看著我說：「妳對那條魚尾的反應，只是因為愛屋及烏，我為什麼要怪妳？」

我像是一個受了委屈、自己都不知道該如何為自己辯解的人，卻被最在乎的人一語道破天機，既開心，又心酸，一瞬間鼻子發澀、眼眶發紅。我知道我當時的反應不適當，但我真的無法控制。

吳居藍輕嘆了口氣，伸出滿是泡沫的手，把我輕輕地擁進了懷裡，溫柔地說：「妳對魚尾的反應沒有傷害到我。不用這麼緊張，我已經活了很長時間，敏感脆弱這一類的東西早就被時間從我身上剝離了，能傷害到我的事少之又少。」

我沒覺得他的話是安慰，反而覺得更難受了，剛才只是為自己，現在是為吳居藍。如果堅強是千錘百鍊後的結果，難道只因為有了結果，就可以忽略千錘百鍊的痛苦過程了嗎？

我頭埋在他的肩頭，悶悶地說：「只要你一天在我心裡，我就一天會很緊張，緊張你被別人傷害到，緊張我的不小心委屈到你，緊張你的不開心，這些和你是堅強或脆弱沒有任何關係。」

吳居藍抱著我一言不發，半晌後，他笑著說：「妳男朋友在海裡處於食物鏈的最頂端，所有的魚都是他的食物，妳以後在他面前吃魚，盡可以隨意。」

我愣了一愣，在心裡連著唸了好幾遍「妳男朋友」四個字，猛然抬頭，驚喜地看著他。雖然剛才吃飯時，他算是公開承認了我們的關係，但那是被我脅迫的，這是第一次，他清楚、主動地表明自己的心意。

「我男朋友？」我忍不住緊緊地勾住吳居藍的脖子，咧開嘴傻笑了起來。

「哎呦！我什麼都沒看見……」江易盛剛衝進廚房，又遮著眼睛往外跑。

我忙放開了吳居藍，吳居藍說：「妳去招呼一下他們，我很快就好了。」

「嗯。」我紅著臉，走出了廚房。

江易盛和周不聞站在廚房轉角的金桔樹下，一個臉色尷尬，一個臉色慍怒。

我猜到他們有話要說，慢慢地走到他們面前時，心情已經完全平復。

周不聞說：「小螺，妳真的打算找一個吃軟飯的男人嗎？」

江易盛忙說：「大頭，你別這樣！吳大哥不是你想的那樣。」

「你叫『吳大哥』叫上癮了？之前叫他一聲『吳大哥』是因為他欺騙我們說他是小螺的表哥。話說白了，他就是一個在小螺家打工的人，不肯安分守己做事，卻居心叵測打小螺的主意……」

我截斷了周不聞的話，「大頭，你憑什麼肯定是他居心叵測打我主意？事實是，我居心叵測打他主意！」

周不聞譏諷地說：「就憑吳居藍，怎麼可能？」

「怎麼不可能？吳居藍哪點比你……和江易盛差？」最後一刻，我還是看在過往的交情上，不想讓周不聞太難堪，把「江易盛」加了進來。

江易盛知道周不聞觸到我的逆鱗了，忙安撫地說：「吳大哥哪裡都比我們好！小螺，大頭只是關心妳，說話有點口不擇言。」

周不聞冷冷地嘲諷：「是啊！吳居藍長得比我們好看，他不長得好一點，怎麼靠賣臉吃飯？」

我也冷冷地說：「反正我樂意買！你管得著嗎？」

江易盛聽我們越說越不堪，站到我和周不聞中間，臉拉了下來，「你們都給我閉嘴！」

周不聞深深地盯了我一眼，陰沉著臉，轉身就走進了客廳。

江易盛對我說：「雖然大頭的話說得難聽，可妳應該知道他也是關心妳。」

「關心我就可以肆意辱罵我喜歡的人了嗎？」

江易盛不吭聲了。

我問：「周不聞是不是問你吳居藍的事了？」

江易盛說：「是問過我，但說與不說是妳的事，我不會幫妳做決定。我只告訴他吳大哥是妳僱傭的幫手，很會做飯。」

「你們躲在那裡說什麼悄悄話？」巫靚靚端著杯紅酒，站在客廳的門口笑問。

我對江易盛說：「進去吧！別因為我把你的約會搞砸了。」我笑著走過去，對巫靚靚說：「我們在說妳的悄悄話。」

「說什麼？」巫靚靚非常感興趣的樣子。

我的目光掠過她脖子上亮閃閃的首飾，隨口說：「妳的首飾很好看，我問江易盛妳戴的究竟是鑽石還是水晶。」

巫靚靚笑問：「妳覺得呢？」

我誠實地說：「很像鑽石，但妳戴得太多了，讓人覺得應該是假的。」

「全是真的，我從來不戴假的。」

我暗自驚訝巫靚靚的富有，同情地看了江易盛一眼，江易盛無所謂地笑笑。

巫靚靚優雅地坐到沙發上，手撫著鑽石項鍊，擺了個時尚模特兒姿勢，笑問：「好看嗎？」

我坐到了她對面，真心讚美地說：「好看！」

巫靚靚看著我的身後說：「吳大哥聽到了嗎？要趕緊準備珠寶送女朋友了，把她也打扮得漂漂亮亮的！」

我回過頭，看到吳居藍走過來，站在了我身後。我忙說：「人都到齊了，我們打牌吧！」不想再繼續這個和金錢有關的話題。

巫靚靚卻依舊說：「小螺的臉型好，不管吳大哥送耳墜，還是項鍊，戴上去都會很好看的。」

我沒有辦法裝聽不見，又捨不得讓吳居藍去面對這樣的事情，只能自己擋下來，微笑著說：「我不喜歡鑽石，顏色太乾淨了，我媽媽送了我一條鑽石項鍊，我從來沒有戴過。」

江易盛拿著兩副撲克牌，大聲說：「打牌了！打牌了！」想把所有人的注意力從珠寶話題上轉移開。

周不言卻讓他失敗了。

「可以選彩鑽。」周不言提起自己戴的項鍊，向大家展示梨形的吊墜，「我這個是黃鑽。沈姊姊如果不喜歡黃色，藍鑽和祖母綠都是不錯的選擇，而很多女孩子喜歡的粉鑽，最適合求婚用。」

周不言盯著吳居藍，帶著甜美的笑容，軟軟地說：「吳居藍，你打算送沈姊姊什麼樣的求婚戒指？我認識很多的珠寶商，不管是名牌，還是私人管道，都能幫你拿到最低的折扣哦！我的這條項鍊就打了六五折，原價要五十多萬，我三十多萬就買到了。」

我一瞬間怒了，周不言明明知道我和吳居藍的經濟狀況，卻說這種話，擺明了要向我和吳居藍炫耀。我自問，從認識她開始，沒有做過任何對不起她的事，她卻總是對我有莫名的敵意。

我正要說話，吳居藍的手放在了我的肩膀上，輕輕按了一下，示意我稍安毋躁。

吳居藍對周不言說：「謝謝妳的好意，但我從不買打折商品。」

從小到大，我一直信奉以德報德、以怨報怨，立即補刀，「真正的好東西應該從來不打折。」

周不言的臉色難看，甜美的笑容再也掛不住，幾乎咬牙切齒地說：「吹牛誰不會呢？說得好像沒打折，你們一樣買得起……」

「不言！」周不聞喝叫，阻止了周不言說出更難聽的話，但已經說出口的話卻無法收回。

我平靜地說：「我們是買不起……」

「小螺，妳就別再裝窮了！」

劍拔弩張的氣氛中，巫靚靚的聲音突兀地響起，把所有人的注意力都吸引了過去。

江易盛冷著臉，對巫靚靚說：「小螺應該和妳還不熟，妳要是喝多了，我現在就送妳回去。」

江易盛毫不猶豫地維護我，擺明了重友不重色，我反倒對巫靚靚生不出一絲怒氣。

江易盛的話說得相當不客氣，大家都等著巫靚靚翻臉，沒有想到巫靚靚嘻嘻一笑，全不在意，「我和小螺是不熟，可是我熟這些啊！」她指著客廳裡一個用來擺放盆景的灰色石頭，說：「這麼大塊螺化玉拿到市場上去賣，至少一百萬。」

她愛憐地拍拍灰撲撲的石頭，「如果我沒判斷錯，這塊珊瑚礁裡包的螺化玉應該是三疊紀[6]時代的，不僅有賞玩價值，還有研究價值，拿到拍賣行，拍個天價也很有可能。」

我失笑地看著那塊絲毫不起眼的石頭，江易盛也笑起來，擠眉弄眼地說：「妳說的是真的？那我們賣給妳了。」

巫靚靚嗔了江易盛一眼，「你可以質疑我的美貌，但絕不要質疑我的頭腦！」

巫靚靚一邊搖曳生姿地走著，一邊指著擺放在房間四處的裝飾說：「森翼螺、金星眼球貝、天王寶貝、林氏紡錘螺、紅肋菖蒲螺、流蘇捲渦螺、龍宮翁戎螺、高腰翁戎螺、倍利翁戎螺……都是難得一見的珍品啊！」

巫靚靚停在了書房的博古架前，彎下腰、盯著一個鈣化的海螺說：「在奧陶紀、志留紀[7]，鸚鵡螺就生活在海洋裡了，到現在已經有四億多年，和我們人類七百多萬年的進化史相比，它們才是地球的原住民。一九五四年，美國根據鸚鵡螺的構造，研製出了世界上第一艘核潛艇，命名為『鸚鵡螺』號。

「因為非常珍貴稀有，九〇年代時，一隻活體鸚鵡螺售價到十萬美金，還是有價無市。這幾年，雖然因為生物科技的進步，可以人工培育鸚鵡螺，但存活率很低。現在的鸚鵡螺的螺殼上，生長線是三十條；新生代古近紀漸新世的鸚鵡螺殼上，生長線是二十六條；中生代白堊紀是二十二條；侏羅紀是十八條；古生代石炭紀是十五條；奧陶紀是九條。這個鸚鵡螺殼上生長線是十八條，我可以非常自信地判斷，這是一隻侏羅紀的鸚鵡螺，售價……」

巫靚靚歪著頭想了一會，搖搖頭，「我沒有辦法評估它的價值。在有些人的眼裡，它不是寶石、不是古董，一文不值！但在有的人眼裡，它是記錄著這個星球發展的天書，有無窮的祕密等待著被發現，價值連城！」

本來，滿屋子的人都把巫靚靚的話當成笑語，可隨著一個個熟悉又陌生的專業名詞從巫靚靚嘴裡流暢地蹦出來，大家都覺得巫靚靚說的是真的了。

不僅我傻了，連江易盛和周不聞他們也傻了。

巫靚靚走到江易盛面前，睨著他問：「我說小螺裝窮，說錯了嗎？」

江易盛回過神來，立即有錯就認：「對不起，是我誤會妳了。小螺她不是裝窮，而是壓根兒不知道自己擁有什麼。」

巫靚靚挑了挑眉，視線從吳居藍臉上掠過，落到我臉上，詫異地問：「妳什麼都不知道？」

「那些妳說的海螺，我只聽爺爺提過是很少見了，但妳說的三疊紀的螺化玉、侏羅紀的鸚鵡螺化石，我完全不知道。」

巫靚靚笑咪咪地說：「原來是這樣！我還以為妳是財大氣粗，完全沒有把這些東西當回事，搞得我心裡直犯嘀咕，妳究竟有多少寶貝。」

周不言鐵青著臉，一言不發，轉身就往樓上跑，踩得樓梯咚咚響。周不聞對我們抱歉地說：「失陪！」立即追了上去。

6三疊紀（Triassic）屬地質時代的中生代第一個紀，距今約二・五億至二億年前，介於二疊紀和侏羅紀之間，。

7奧陶紀（Ordovician）是地質時代中古生代的第二個紀，距今約四・九億至四・三八億年前；接著是第三個紀志留紀（Silurian）距今約四・四億至四・一億年前。

客廳裡的氣氛尷尬地沉默了下來。
巫靚靚笑著說：「今天晚上的晚餐非常棒！謝謝妳和吳大哥的款待，時間不早了，我明天還要值早班，就先告辭了。」
我送她到了門口，「謝謝妳，如果不是遇見妳，我都不知道家裡竟然有這些東西。」
巫靚靚笑著說：「不客氣！」
我狠狠地推了江易盛一下，江易盛忙說：「我送妳。」
巫靚靚落落大方地笑了笑，沒有拒絕。
目送著江易盛和巫靚靚走遠了，我正要鎖院門，一回頭看到周不言提著行李箱走了出來，周不聞也拿著行李，焦急地跟在她身後。
我一言不發，讓到一旁。周不言看都不看我，高昂著頭，腳步迅疾地走出了院子。
周不聞抱歉地看著我，欲言又止。
我說：「你趕緊去陪著周不言吧，這麼晚了，她一個人去找民宿住總是不方便的。」
「小螺，今天的事，妳別放心上，回頭我再來向妳賠禮道歉。」周不聞說完，匆匆忙忙地去追周不言了。
我聽著他漸去漸遠的腳步聲，惆悵地發了會呆，關上了院門。
客廳裡，吳居藍在打掃環境，把沒吃完的水果包好放進冰箱，沒喝完的酒重新封好，擦桌子、掃地……

我蹲在地上，看了半晌那塊螺化玉的石頭，又跑去書房，看了半晌那塊鸚鵡螺的化石。

我喜孜孜的說：「吳居藍，我好像突然變成有錢人了，你有什麼想法？」

吳居藍問：「妳有什麼想法？」

可以包養你！

我在心裡想了無數遍，卻沒有膽子說出來，「開心得不得了！突然從天上掉下餡餅的事真是太爽了！」

吳居藍笑著揉了揉我的頭說：「原來讓妳開心這麼簡單。」

簡單？天上掉錢的事哪裡簡單了？多少人夢寐以求卻難以實現好不好？

我說：「像你這麼高貴的人是不會懂我這麼膚淺的人的宏偉志願的！我每次被周不言鄙視沒錢時，裝得特別冷淡，是因為實在沒有別的辦法了，其實，我最想做的就是拿錢把她砸回去。敵人最驕傲是什麼，就用什麼報復她，才是最爽的勝利！」

吳居藍無語地看了我一下，問：「妳覺得那三件事和屋子裡的這些東西有關嗎？」

我說：「肯定有關！就像江易盛說的，我有什麼值得別人大動干戈？今天總算真相大白了。」

「如果有關，會是誰做的？」

我說：「肯定是知道這些東西存在的人。你說會不會是我發在網站上的那些照片，有人看出了門道？」

吳居藍說：「照片是在民宿裝修完後，才發到網路上的，飛車搶劫的事發生在裝修前。」

我遲疑地說：「也許我被搶劫的事是獨立事件，只有後面兩件有關聯。手上長了黑色痦子的人很多，也許恰好我們碰到了兩個都長了黑色痦子的壞人。」

吳居藍盯了我一眼，沒有反駁我，只是淡淡地說：「我認為，不是三件事，是四件事。」

「四件？」

「江易盛的爸爸去山上散步時，遇到陌生男人，突然受驚發病，滾下山坡摔斷了腿。這也是一件和妳有關聯的倒楣事。」

和我有關聯？對啊！我借了江易盛的錢！我滿臉震驚，喃喃說：「不可能！絕不可能！」

★ ☆ ★ ☆ ★

晚上，我躺在床上，失眠了。

我對吳居藍說「不可能」，吳居藍沒再多言，似乎我相不相信都完全無所謂，我卻無法釋然。

兩件倒楣事和四件倒楣事，會是截然不同的解釋。

如果第一件搶劫的事是偶然事件，只是兩件倒楣事，事情發生在民宿開張之後，那時，我已經在網站上貼了很多照片，有人認出，見財起意，很合理。

但如果是三件、甚至四件倒楣事，見財起意的人不但必須是在房子裝修前就來過，還要清楚我和江易盛的情況。策劃這些行動的人很明顯的是要逼迫我放棄房子，可惜因為吳居藍的幫助，逼我放棄房子的計畫失敗，所以有了入室偷竊。入室偷竊失敗後，對方又另外採取了行動。

這一環又一環的計畫，如果不是有吳居藍幫忙，我應該只能屈服於現實，把房子租賃出去。

我越想越心驚，周不言第一次見我，就跟我要房子，之後，她還開出了很誇張的價格。周不聞又恰好清楚我的一切，也清楚江易盛的一切。

仔細想想，連他對我唯一一次的表白都那麼恰到好處，而且那真的是表白嗎？周不聞自始至終沒有說過喜歡我。也許那也是一次行動，如果我接受了他的表白，自然而然，我會隨著他離開海島、暫時放棄房子。

我難受得整個胸腔都好像缺氧，張著嘴，用力地吸氣。

從小到大的經歷，讓我習慣於迎接生活給我的任何驚嚇，所以，不管是被搶劫、還是被入室偷竊，甚至當我發現所有禍事都是衝著我來時，我都該笑就笑，該吃就吃。反正生活本來就是麻煩不斷，兵來將擋、水來土掩就行了。

但是，我從來沒有辦法習慣來自親友的傷害。大頭，這一切真的都是你做的嗎？

Chapter 13 初雪般的第一個吻

我現在最想做的事情就是和你一起做各種各樣的事，
不管是一起爬山，還是一起下海，
對我而言做什麼不重要，重要的是我們在一起。

早上，我起床時，一臉憔悴，頂著兩個大黑眼圈，顯然沒有睡好。吳居藍肯定猜到了我失眠的原因，什麼都沒有問。

我對吳居藍說：「君子無罪、懷璧其罪。螺化玉的珊瑚石和鸚鵡螺的化石都不是爺爺的心頭肉，我留在手裡也沒有用處，我想把它們賣掉。」

「賣給誰？」

我眨著眼睛，回答不出來。這種東西總不能拿到市集上，吆喝著賣吧？

「妳聯繫巫靚靚，讓她幫妳處理這件事。」

對啊！巫靚靚說起品質和市價頭頭是道，肯定有認識的人。

我向江易盛要了巫靚靚的電話號碼，打了電話給巫靚靚。

聽完我的意思，巫靚靚一口答應了，「我今天會幫妳聯絡朋友處理這事。下班後，我來找妳，讓吳大哥準備一頓豐盛的晚餐，我順便蹭頓飯。」

巫靚靚說到「晚餐」時，聲音格外愉悅，我有點莫名其妙，她這麼喜歡吃吳居藍做的飯？

傍晚，江易盛和巫靚靚一起來了。

巫靚靚看到桌上的菜餚，笑得連眼睛都幾乎找不到。她對我說：「沒想到有生之年，能吃到……這麼好吃的飯菜。」說完，不等別人拿筷子，她就開始不顧形象地埋頭大吃。

我看江易盛，為了追到巫女王，他是不是該好好學一下廚藝？

江易盛問：「大頭和周不言呢？」

「今天早上就離開海島了。」周不聞發了則微信告訴我的，連電話都沒有打。

江易盛沉默了一下，一言不發地開始吃飯。江易盛是我們三個人中智商最高的，我能想到的事，他自然也能想到，只怕他爸爸受傷的事，他也有了懷疑。只不過，在沒有確鑿的證據前，我們兩人都有點鴕鳥心態，不想談，也不想面對。

吃完飯後，四人圍桌而坐，巫靚靚說：「我已經聯絡了認識的拍賣行，他們會幫我們舉行個小型拍賣會，以公道的價格把這兩樣東西轉讓給喜歡它們的人。拍賣會在紐約舉行，小螺，妳需要去一趟紐約。」

「啊？必須嗎？我看電視上的拍賣會都是不需要拍賣品的所有人出現啊！」

巫靚靚說：「不需要妳站在那裡推銷自己的物品，但有很多文件必須要妳本人親自簽署。紐約是個很值得一去的地方，妳就權當是去旅遊吧！我在紐約長大，對那裡很熟，會一直陪著妳，要不然讓江易盛也一起去。」

我猶豫地看著吳居藍，並不是我怕出遠門，而是，吳居藍是「黑戶」，根本出不了國，我不想和他分開。

吳居藍說：「不用擔心，很快就會再見面。」

我想了想，也行！去一天、回一天，再花一、兩天辦事，應該四、五天就能回家，的確很快就會再見面。

巫靚靚看我沒有問題了，笑咪咪地問江易盛：「你要陪我們一起去紐約嗎？」

江易盛無所謂地說：「好啊！至少可以幫妳們提行李。」

巫靚靚說：「你們倆把證件資料給我，所有事情我都會安排妥當。放心，你們會有一個精彩的旅程！」

我總覺得巫女王的笑容好像成功誘惑到小紅帽的狼外婆的笑容，讓人有點想打哆嗦，但我們只是去賣東西，應該沒有問題吧？如果巫女王想劫財，根本不需要讓我們去紐約；如果她想劫色，反正倒楣的是江易盛！

⋆ ⋆ ⋆

在巫靚靚緊鑼密鼓的安排下，兩個多星期後，我和江易盛順利拿到了簽證和其他相關文件。

巫靚靚問我什麼時候出發，我說越快越好，再過一週就是月圓之夜，我必須趕在那之前回來。

我和江易盛、巫靚靚乘船離開海島，吳居藍去碼頭送我們。

我滿腹離愁、滿肚子的擔心，一遍遍叮嚀著吳居藍，電話號碼寫了一長串，都是我和江易盛的鐵關係：醫生、警察、超市老闆、服飾店店長……囊括了生活的各方面，不管遇到什麼問題，一個電話就能找到朋友幫忙。

有鑒於上一次我倆的手機一落進海裡就壞了，我還從淘寶專門訂了兩個防水手機袋，和吳居藍一人一個。讓吳居藍不管什麼時候，都把手機帶上，有事沒事都可以打電話給我，不用理會時差。

我站在吳居藍身前，囉囉嗦嗦、沒完沒了，吃飯、穿衣、島上的安全、颱風季、提款卡、身上該帶的現金……平時也沒覺得有那麼多事要注意，可到要走時，才發現各種不放心。

出發的汽笛響了，催促還沒上船的客人抓緊時間上船。我依依不捨、一步三回頭地上了船。

開船後，我一直站在甲板上，直到看不到吳居藍的身影，才收回目光。我心情有點悶悶的，不僅僅是離愁別緒，還因為我覺得我很捨不得吳居藍，吳居藍卻好像並不是那麼在意我的離開。

巫靚靚大概看出了我的不開心，用很誇張的語氣對江易盛說：「剛才，我看到了我活到這麼大，最好笑的笑話。」

江易盛配合地問：「什麼笑話？」

巫靚靚說：「一條生長在魚缸裡的金魚對一條生活在海洋裡的鯊魚噓寒問暖，憂心忡忡他會在魚缸裡遇到危險。你說好笑不好笑？我雞皮疙瘩都要起來了！」

我心裡一驚，盯著巫靚靚問：「妳為什麼說吳居藍是生活在海洋裡的鯊魚？」

巫靚靚笑嘻嘻地說：「感覺而已，吳大哥看上去就像很厲害的人物，應該經歷過不少大風大浪。妳嘛，一看就是生活在魚缸裡的小金魚了。」

我鬆了口氣，告訴自己只是一個比喻而已，不要太緊張，胡亂聯想。

☆ ☆ ☆ ☆ ☆

下了船，我們乘車去機場。

上了飛機後，我和江易盛才發現竟然是頭等艙。

這麼奢侈？我和江易盛都看著巫靚靚。

巫靚靚說：「別擔心，錢是老闆出的，他要求務必讓兩位遠道而去的客人舒適愉快。」

「老闆？」

「就是幫小螺賣東西的公司老闆，他對這兩件物品也很感興趣，應該會出價競買。」

江易盛問：「妳為什麼叫他老闆？」

巫靚靚聳了聳肩，說：「我們家族一直為他們家族工作，我也要繼續為他工作，不叫老闆該叫什麼呢？」

我詫異地問：「妳不是醫生嗎？」

巫靚靚不在意地說：「那算是兼職吧！」

我和江易盛面面相覷。巫靚靚笑著說：「到了紐約，你們就會明白了。」

我和江易盛相視一眼，沒有再多問。

十幾個小時的旅途，江易盛有美人在側，一路說說笑笑，很是愉快。我卻因為耿耿於懷與吳居藍的「輕別離」，一直心情低落。

飛機在紐約甘迺迪機場降落，看到異國他鄉的景物，我都沒有絲毫興奮的感覺。

來機場接我們的司機穿著筆挺的黑色制服，開著一輛加長的賓利（Bentley），江易盛見到，忍不住吹了一聲口哨。

我問：「錢誰出？」

巫靚靚說：「和我們頭等艙的機票一樣，老闆出。」

我嘟囔，「羊毛出自羊身上，他花的錢肯定都要從我身上賺回去，可想著不是自己付，總是舒坦一點。」

巫靚靚替我們一人倒了一杯香檳酒，「慶祝我們平安到達紐約。」

我喝了口香檳酒，看著車窗外的霓虹燈影、車水馬龍，突然開始有了真實的感覺，我到紐約了！吳居藍曾經生活過的地方！

明明是個截然陌生的城市，可因為愛上了一個人，連對一座城市的感覺都徹底變了。

可惜，現代社會不像一百多年前，買一張船票就可以從一個大陸到另一個大陸，否則我真想和吳居藍一起遊覽一下這座城市。

我突然問：「一八八幾年的紐約應該和現在很不一樣吧？」

巫靚靚說：「很不一樣，不過，這是一個幾乎沒有歷史的國家，所以格外注重保存歷史。很多那個年代的建築都留存至今，妳有興趣的話，我可以帶妳去看看。」

江易盛奇怪地問：「小螺，妳怎麼會對那個年代的紐約感興趣？」

我掩飾地喝了口香檳酒，「隨口問問。」

司機開著車經過一個濃蔭蔽日、芳草萋萋的地方，不少樹都應該有幾百年了，樹幹粗大、樹冠華美。在高樓林立的都市中，突然出現這麼一塊鳥語花香、生機盎然的地方，我和江易盛都不禁好奇地看著。

巫靚靚介紹說：「大名鼎鼎的中央公園。一八五七年建立，美國第一個景觀公園，當年這附近的地並不值錢，現在……」巫靚靚皺著眉頭，從鼻子裡出了口氣，「除了政府和財團的辦公大樓，只有世界頂級富豪才能擁有俯瞰中央公園的公寓房子。」

司機把車停在了一座公寓前，巫靚靚說：「我們到了。」

我看看就一街之隔的中央公園，和江易盛交換了一個眼神。

我們剛下車，就有人來幫我們拿行李，穿著紅色制服的門童應該認識巫靚靚，對她禮貌地問候了一聲，拉開了門。

巫靚靚帶著我們走進電梯，開電梯的是一個頭髮花白、精神矍鑠的黑人老頭，看到巫靚靚，一邊熱情地打招呼，一邊按了代表頂層的「Penthouse」電梯按鈕，這也是這個電梯裡僅有的兩個按鈕之一，另一個是代表大堂的「Lobby」。

巫靚靚說：「這棟公寓是老闆的資產，一直都是我奶奶在打理。別的樓層都租出去了，頂層是預留給老闆偶爾來住的。」

江易盛感嘆說：「妳的老闆可真是生財有道！」

巫靚靚忍不住嗤笑了一聲，「生財有道？他才不操心這個呢！老闆不過是稀里糊塗買得早而已，中央公園一八五七年建的，老闆……的家族在一八五二年就買了這邊的地。那時候，這一帶不過是一片荒地而已。」她皺著眉頭，悻悻地說：「你們將來去歐洲時，看看老闆在巴黎、倫敦、哥本哈根、羅馬、梵蒂岡……都隨手買了些什麼地方會更震驚！我告訴別人買的時候都是沒人要的破爛貨，壓根兒沒有人相信！」

電梯到達時，巫靚靚走出電梯，站在一個布置奢華的走廊裡，地上鋪著羊毛地毯，牆上掛著油畫，天花板頂上吊著水晶燈。她走到大門前，在電子鎖上輸入了一串密碼，門打開了。

巫靚靚一邊往裡走，一邊說：「為了方便你們出入，密碼我已經叫人設成了小螺的生日，農曆生日。」

我忙說：「不用那麼麻煩，我們只是借住兩天，很快就離開了。」

巫靚靚說：「都已經改好了，難道再改回去？」

我只能說：「謝謝妳和妳老闆了。」

巫靚靚不在意地說：「走吧，我帶你們參觀一下房子。」

我們沿著門廊，走進客廳，一眼就看到了幾乎占據整整一面牆的落地大窗。窗外是湛藍的天、潔白的雲、鬱鬱蔥蔥的樹林、清澄美麗的湖泊，甚至有好幾隻黑色的雄鷹在天空中上下盤旋飛翔。

我驚嘆，竟然能在鋼筋水泥的城市裡看到猶如野外森林一般的景色，難怪中央公園四周的房子都是天價。

巫靚靚說：「江易盛和我住樓下的客房，小螺住樓上的主人房。」

房子很高，完全可以做成上下兩層，但主人絲毫沒有珍惜這個地段的寸土寸金，樓上只做了一半，別的地方都留空，以至於客廳和飯廳的天花板頂高五、六百尺，顯得房子大而深，簡直像一個小城堡。

我懷著對富豪生活的奇怪心理，和江易盛先參觀了一樓，然後去了二樓。我們發現這個房子看著像「城堡」，實際能住人的房間很少。一樓除了客廳、飯廳和廚房，就兩間臥房，整個二樓只有一個大臥房，別的區域是：像個小圖書館的書房，放著椅子和天文望遠鏡的觀景房，擺著沙發和茶几的會客室。

這些區域沒有正兒八經的牆或者門，只是透過一些巧妙的擺設做了間隔，可以直接俯瞰樓下的客廳和飯廳。會客室的沙發，隔著客廳的上空，正對著那扇巨大的落地大窗，可以一邊聊天，一邊欣賞外面的景色。

我對巫靚靚說：「妳的老闆顯然把這個房子看作是自己的私人領地，除了臥房，別的地方連門和牆都沒有，明顯是沒打算邀請陌生人來住。怎麼會把房子給我們住呢？」

巫靚靚笑嘻嘻地說：「空著也是空著，給我們住，還可以省飯店費。」

我說：「我的兩樣東西雖然值點錢，但肯定不是稀世奇珍，最多賣個幾百萬人民幣，我總覺得這接待的規格過高了！」

巫靚靚拍了拍我的肩膀說：「不用多想，很快妳就會明白了。」

我只能既來之且安之，靜待事情的發展。我說：「別的都隨便吧！但我最多待兩天，也就是大後天我一定要回中國，吳居藍還在家裡等我呢！」

巫靚靚說：「今天晚上老闆要請妳吃飯，妳可以直接和老闆說。」

我打了個哈欠說：「好睏啊，不想吃飯，只想睡覺。」算算時間，這個點是國內的凌晨四、五點，好夢正酣時。

巫靚靚說：「洗個澡，千萬別睡，堅持到晚上，否則時差調不過來。」

我走進浴室，準備泡澡，驚喜地發現洗髮精和沐浴乳都是我慣用的牌子。只是一個小小的細節，卻讓我覺得很貼心周到，心情都好了幾分。

洗完熱水澡，睏意和疲憊也去了幾分，我坐在床邊，一邊吹頭髮，一邊隨意打量臥室的布置。床頭和架子上竟然放了幾個色彩美麗的海螺作裝飾，讓我無端端地生出幾分親切感。我心想，這個富豪應該很喜歡大海，難怪他會想買我的兩塊石頭。

吹完頭髮，我站在主臥室的落地窗前，俯瞰著中央公園，發了一則微信給吳居藍：「已平安到紐約。如果你有惦記的地方，我可以去，拍了照片給你看。」

微信沒有回覆，應該是還沒有起床，我把手機收了起來。

巫靚靚敲門說：「要出去吃晚飯了。」

「馬上就好。」

反正對方看重的是我的東西，又不是我的形象，我穿得很隨便，下半身著煙灰色的小直筒牛仔褲，上半身穿長袖碎花的襯衫，手裡拿了一件駝色的針織毛衣的外套，在室外的時候可以披上。

巫靚靚和江易盛卻明顯是精心挑選過衣服，一個穿著紫羅蘭色的小禮服，外披羊絨大衣；一個穿著長袖襯衫、筆挺的西裝褲。我下去時，他們站在一起，正竊竊私語，十分登對養眼。

我說：「我覺得我像你們的電燈泡。」

巫靚靚只是笑了笑，江易盛也沒理會我的打趣，拿起風衣外套說：「走吧！」

巫靚靚說吃飯的地方不遠，就在附近，三個人走路過去。

我刻意地走在後面，讓江易盛和巫靚靚走在前面。

異國的街頭、絡繹不絕的行人、各種口音的英語，還有一對金童玉女般的正發展「戀人」，我變得格外思念某個人，忍不住又拿出了手機。

恰好一個紅燈，巫靚靚和江易盛走到馬路對面，繼續往前走，我卻被留在了馬路這邊。我也沒在意，一邊翻看著手機裡的照片等紅燈，一邊想著待會兒吃飯時，偷偷溜出來，打個電話給吳居藍。

等紅燈變綠，我抬起頭時，卻發現看不到巫靚靚和江易盛了。我再也不敢玩手機，把手機收了起來，急急忙忙往前走，一直走了三個路口，都沒有看到他們。我又往回走，在附近來來回回找了幾遍，仍舊沒找到江易盛和巫靚靚。

幸好時間還早，街上的行人川流不息，讓我沒有那麼緊張，可這畢竟是異國他鄉，我的英語又很普通，還是心很慌。我拿出手機，打電話給江易盛和巫靚靚。兩人的手機都打不通，也不知道是信號有問題，還是我的國際漫遊壓根兒就沒開通成功。

我想了想，決定原路返回，只要找到住的公寓，就不會丟了自己。

只是剛才心有所思，稀里糊塗地跟在巫靚靚身後走，壓根兒沒有記路。我只能一邊努力地回憶，一邊嘗試地走著，那棟公寓沒有多遠，多繞幾圈，總能找到的吧！

可是我找來找去，越找越心慌，根據路程，我應該早到了公寓附近，卻壓根兒沒有看到公寓。我嘗試著用英語問路，但是我根本說不出公寓在哪條街道上、門牌號碼是多少，被問到的行人不耐煩地搖搖頭，說著「Sorry」，腳步匆匆地離去了。

夜色越來越深，我站在陌生的大街上，看著陌生的人潮，很焦急無奈。

突然，我聽到有人叫：「小螺！」

熟悉的中文讓我如聞天籟，立即扭頭看過去，隔著車水馬龍的街道，吳居藍竟然站在闌珊燈火下，朝我揮手。

我覺得自己肯定是太焦急，出現幻覺了，忍不住閉了下眼睛，又睜開，吳居藍已經飛快地橫穿過馬路，到了我面前。
「小螺！」吳居藍看著我，露出了如釋重負的喜悅。
我去摸他的手，感覺到他低於常人的體溫，才確定一切是真實的。
我驚訝困惑地問：「你怎麼在這裡？」
「巫靚靚說把妳丟了，我就來找妳了。」
「不是這個，我是說，你怎麼在紐約？你怎麼過來的？你都沒有證件，怎麼過得了海關？」
吳居藍俯過身，在我耳畔說：「我是一條魚，妳幾時見過魚群遷徙時，還要帶證件？」
感覺到他的氣息，我臉紅了，「你早就計畫好的？」
「嗯。」
難怪告別時，他一點離愁別緒都沒有；難怪每次我流露出不想去紐約的想法時，他總會說很快就會見面。他不是輕別離，而是會來紐約陪我，一直糾結在我心裡的彆扭剎那間煙消雲散，喜悅溢滿了心頭。
我問：「你怎麼找到靚靚和江易盛的？」
吳居藍拿出他的手機晃了晃，上面還套著淘寶買來的防水塑膠袋，「妳的電話打不通。」
「我剛才也打不出去，大概是國際漫遊有問題吧！」
吳居藍問：「餓了嗎？我們去吃飯。」
我拉著吳居藍的手，一蹦一跳地走著，「本來約好了和靚靚的老闆吃飯，但已經遲到了這麼久，我現在也不想去了。你打個電話給靚靚，告訴她我不去了。」

吳居藍撥了個電話給巫靚靚，用流利的英文告訴她，他找到了我，我們要一起吃晚飯，讓她的老闆自便。

等他掛了電話，我笑問：「你是不是只要在哪個國家住過，就會說那個國家的話？」

吳居藍沒有否認，只是淡淡地說：「雖然透過人類的語言也難以瞭解他們的心靈，但不懂他們的語言，更可怕，就像瞎子走在高速公路上。」

他的話中隱隱流露著殺機，我當然明白，他過去的生活不會只是吟詩撫琴、喝酒舞劍，但親耳聽到，還是有點難受。

吳居藍揉了揉我的頭，似乎在安撫我不要胡思亂想，他微笑著問：「旅途愉快嗎？」

我立即有了精神，嘰嘰喳喳地從坐飛機說起，一直說到我們住的公寓，對那位老闆的慷慨表達了各種不理解，「……也許是我眼皮子淺、沒見過世面，有點受寵若驚，總擔心這位老闆是黃鼠狼給雞拜年，另有所圖……」

一輛警車停在路邊，兩個警察從車裡走了出來，我猛地一轉彎，硬生生地拉著吳居藍拐進了旁邊的小巷。兩個警察經過時，視線掃向我們，我的心咚咚狂跳，急忙摟住吳居藍的脖子，唇貼著他的臉頰，做出親熱的樣子。

等警察走遠了，我鬆了口氣，放開了吳居藍。

看到他面無表情地盯著我，我突然反應過來，忍不住罵自己：「我好蠢！簡直要蠢死了！」我老惦記著吳居藍沒有身分證，是非法入境，看到警察就心虛，卻不想想，你好端端地走在大街上，哪個警察閒著沒事會攔住你查護照？反倒是我剛才鬼鬼祟祟的樣子，才容易引起注意。

真的要被自己的智商蠢哭了！我可憐兮兮地看著吳居藍，「對不起！我差點闖大禍，你要想罵……」

眼前忽然一暗，吳居藍俯身，輕輕地吻了我的脣一下，我的囉嗦聲戛然而止。

他的親吻猶如初冬的第一片雪花，冰涼柔軟，剛剛碰到就消失無蹤，只留下一點點濕意，證明著它存在過。

我屏息靜氣，呆呆地看著吳居藍。

吳居藍凝視了我一下，突然展顏而笑。我已經習慣了他的眉眼冷峻、表情淡漠，第一次看到他這樣溫柔恣意，只覺得這一刻他的容顏魅惑，讓我心頭有如小鹿亂撞，臉唰的一下就紅透了。

吳居藍的笑意越發深，伸手在我的臉頰輕拂一下，一邊笑著，一邊牽起我的手，繼續往前走。

我徹底變成了啞巴，一路上一句話都沒有說。

吳居藍帶著我走進一家西餐廳，我懵懵懂懂地坐下後，才發現巫靚靚和江易盛都在。

巫靚靚低著頭，一副「我做錯事、我很不安」的樣子，江易盛不悅地看著吳居藍。

我說：「你們也來了啊？靚靚，放妳老闆的鴿子沒有問題嗎？」

江易盛像看怪物一樣看著我，鄙夷地說：「妳的智商真是……無下限！」

巫靚靚忙說：「沒有問題！老闆不會介意，妳怎麼會走丟的呢？」

「我看了下手機，就找不到你們了，是我自己走路太不專心了。」我對巫靚靚挺客氣，轉臉對江易盛就是另一副嘴臉，「你智商倒是有上限，我一個大活人就跟在你後面，你心裡到底在想什麼，竟然會一直沒有發現我不見了？重色忘友！」

巫靚靚剛正常了一點，又開始作低頭認罪狀。江易盛一把抓起巫靚靚，對吳居藍說：「我不喜歡吃西餐，我想去吃中餐！」

吳居藍說：「好。」

江易盛帶著巫靚靚離開了，我不解地問：「江易盛怎麼好像對你有點生氣？」

「巫靚靚說妳走丟了時，我一時著急，就斥責了巫靚靚兩句。」

我又不是小孩子，走丟了還要別人負責？好像是有點過分……我試探地問：「要不你回頭去給靚靚道個歉？」

吳居藍瞥了我一眼，自顧自地拿起菜單看了起來。

從認識他的第一天起，他就是絕不委屈自己的性子，我也不想委屈他，決定還是自己去跟巫靚靚說幾句好話賠罪吧！

我翻了翻菜單，發現是法國菜。倒不是我不喜歡法國菜，鵝肝蝸牛、魚子醬牛排這些，偶爾吃幾頓，我也是喜歡的。但今天晚上，剛剛坐了長途飛機，又在調時差，身體有點不舒服，我並不想吃這些東西。

吳居藍問：「妳想吃什麼？」

我抱歉地說：「剛坐完長途飛機，其實，我現在最想吃一碗酸辣麵。」

「是我沒考慮周到。」吳居藍放下了菜單，帶著我離開了餐廳。

☆ ☆ ☆

我不知道哪裡有中餐廳，吳居藍肯定對現在的紐約也不熟，於是，我提議回公寓自己煮吧！

我下午參觀廚房時，發現那位老闆或者那位老闆的下屬非常周到細緻，不僅在冰箱裡放了中國人常吃的食物，還在桌臺上擺放了各種中式調味料，連醬油和醋都準備好了。

我含含糊糊地跟吳居藍描述了一下公寓的位置，本來沒指望他能找對路，沒想到竟然一路順利地回到了公寓。

我用自己的生日，打開了公寓的門，笑對吳居藍說：「體會一下有錢人的奢華生活吧！」

可是，吳居藍對公寓的奢華裝修和美麗景致沒有絲毫興趣，淡淡掃了一眼，就看向了廚房。

我獻寶地問：「是不是很好？醬油、醋什麼調味料都有，連豆腐乳和豆瓣醬都有。」

吳居藍說：「湊合而已。」

我說：「這是美國，還是一個外國人的房子，不要那麼挑剔了！」

吳居藍脫下外套，挽起襯衫的袖子，走進了廚房。

一會兒工夫，他就做了一碗雜菜酸辣麵給我，煎了一塊牛排給自己。

我們坐在吧檯前，一中一西地吃起來。

明亮的燈光下，吳居藍穿著簡單的白色襯衫和黑色西裝褲，卻一舉一動都流露出渾然天成的高貴優雅。我偷偷瞟了一眼又一眼，後知後覺地發現，他穿的襯衫我從來沒有見過，看上去很不錯的樣子。

我怕他尷尬，沒有問這套衣服究竟是偷的還是買的。等吃完飯，我跳下高腳椅，跑去沙發上拿了自己的錢包，把一張卡遞給吳居藍，「這幾天你要買東西，就用這張卡，還有……」我拿出錢包裡的所有美金現金，開始數錢，「靚靚說美國用現金的機會不多，就是有時候給小費的時候需要現金，我只兌換了六百美金，咱倆一人一半，你別幫我節省，不夠了我再去兌換。窮家富路[8]，我們難得出來一次，玩得開心最重要……」

我正絮絮叨叨地叮囑吳居藍，江易盛和巫靚靚回來了。他倆都清楚我和吳居藍的經濟狀況，我看了他們一眼，沒在意，把數出來的三百塊遞給了吳居藍。

吳居藍一言不發地接過現金和卡，仔細地收了起來。

江易盛和巫靚靚都目光詭異地盯著我和吳居藍。

「吳居藍，你竟然拿沈螺的錢花？」江易盛的聲音比他的目光更詭異。

我不高興了，很後悔自己剛才沒有迴避，正要解釋，吳居藍笑看著江易盛說：「男人為女人花錢很容易，但男人想花女人的錢卻是要有幾分魅力！江醫生，你這是羨慕嫉妒、自卑抑鬱了嗎？」

---

8 指在家應該節儉，出外則應準備足夠的費用。出自《三俠五義．第二十三回》：「銀子雖多，賢弟只管拿去。俗話說得好：窮家富路。」

我很開心吳居藍沒有糾結於男人的面子和自尊問題，但還是解釋說：「吳居藍剛到美國，沒時間去換美金。何況什麼叫他拿我的錢？你又不是不知道，我的所有錢都是他幫我賺的，我的就是他的，他拿的是自己的錢！」

江易盛冷嘲：「我還幫我們醫院賺錢呢！也沒見院長說他的錢就是我的錢！」

巫靚靚拉了一下江易盛，岔開了話題，「你們怎麼沒在餐廳吃飯？不喜歡我選的餐廳嗎？」

我說：「不是，是我沒有胃口，只想吃一碗熱湯麵。」

巫靚靚抱歉地說：「我太粗心了，沒有考慮到你們剛坐完長途飛機，肯定只想吃中餐。」

「沒有關係，妳已經很照顧我了。靚靚，有件事我想和妳商量一下。」

「什麼事？」

我很不好意思地說：「我想讓吳居藍住在這裡，可以嗎？」

巫靚靚飛快地看了一眼吳居藍，「只要吳大哥願意，我絕對沒意見。不過，吳大哥只能住二樓，一樓是我和江易盛的地盤。」

「沒問題！謝謝妳！」我開心地說。

巫靚靚意味深長地笑了笑，對我們說：「我回房間洗澡休息了，各位晚安！」說完，她就轉身離開了。

江易盛道了聲「晚安」，也回了自己的房間。

收拾了碗筷，我帶著吳居藍去參觀二樓。

吳居藍對別的地方都是一掃而過，沒什麼興趣的樣子，只在書房那裡多停留了一會兒。

他沉默不語、目光悠長地看著書架上的書，我忍不住問：「你在想什麼？」

他伸手，從書架上抽了一本書，「以前我讀過的書。」

我湊過去看，十分古老的樣子，不是英語，也不是日語、韓語，對我而言，完全就是天書。

「什麼書？這是什麼語言？」

「Hans Andersen的《埃格內特和人魚》。丹麥語。」

Andersen？丹麥？人魚？不就是大名鼎鼎的安徒生嘛！我說：「中文翻譯應該是《美人魚》或者《海的女兒》。」

「妳說的是《The Little Mermaid》，那是一個講女人魚的故事，這個是《Agnete and The Merman》，是一個講男人魚的故事。」

安徒生居然還寫了一個男人魚的故事？我好奇地問：「故事講的是什麼？」

吳居藍把書放回了書架上，淡淡說：「這個故事是Andersen根據歐洲民間傳說寫的詩劇，被他視作自己最好的作品之一。故事有很多版本，但大致情節相同，都是講一個男人魚，有著純金般色澤的頭髮和令人愉悅的雙眸。有一天，他遇見了一個叫Agnete的人類少女，他們愛上了彼此，決定在一起生活。Agnete和金髮男人魚生活了八年，為他生了孩子，但最終，Agnete還是無法放棄人類的生活，選擇永遠地離開了男人魚。」

我後悔好奇地詢問這個故事了，尷尬地看著吳居藍，不知道該說些什麼。

吳居藍微笑著搖搖頭，一手握住了我的手，一手彈了一下我的腦袋，「我沒那麼敏感，別胡思亂想！」

我立即安心了，笑嘻嘻地握緊了他的手，他不是那個金髮人魚，我也不是Agnete，我們絕不會放開彼此的手。

我拉著他走出書房，笑著說：「只有一個臥室。我睡臥室，你睡會客室的沙發？」

「好。」

★ ☆ ★ ☆ ★

安頓好吳居藍後，我倒在床上，立即進入了酣睡狀態。

但是，半夜裡，突然就醒了。去了趟廁所後，翻來翻去再也睡不著。我看了下手機，才凌晨三點四十幾分，應該是傳說中的時差了。

我打開微信的朋友圈，看了一遍朋友圈的文章後，自己發了一則：「睡不著的夜，明天還有重要的事情要處理，希望不會昏頭昏腦，把自己賣了都不知道。」

除了幾個按讚的傢伙，竟然還有一則江易盛的回覆：「不用擔心，因為……妳已經沒大腦了。」

我心理平衡了，看來不止我一個人有時差。

我猶豫了一下，發微信給吳居藍：「還在睡嗎？」

等了一下，吳居藍回覆：「妳睡不著？」

我一下子興奮了，「嗯，你呢？」

吳居藍：「也睡不著。」

「聊一會兒天？」

吳居藍：「不要起來，就算睡不著，也要好好躺著，否則明天還要失眠。」

我乖乖地躺在被窩裡發微信：「等兩塊石頭賣掉，我就算是小小的有錢了，你不用再幫我辛苦地賺錢。你有什麼最想做的事情嗎？我可以陪你一起去做。」

我早就發現吳居藍是一個對物質完全沒有感覺的人。因為不一樣的生命形態，對他而言，世間一切都是身外之物。在衣食住行裡，除了對食物有要求外，別的他都無所謂，而他對食物的要求，也不是人類的金錢能滿足的，他所需要的一切都在海洋裡。可是，因為我還需要物質，所以他在海島上所做的一切，不管是捕魚、還是做廚師，都是為了幫我。這也是我為什麼決定賣掉兩塊石頭的原因，我不想讓他因為我而被金錢羈絆住。

吳居藍：「妳有什麼最想做的事？」

「是我先問你的。」我拒絕回答。

我怕我一回答，他就會優先考慮我。大概因為吳居藍的生命太漫長了，於他而言，一切都是過客，他不但對不關自身的事情漠不關心，對關於自身的事情也不太在意，反正有的是時間，現在不做，以後再做也來得及。但是，我的時間很有限。在他漫長的生命裡，我的幾十年短暫到幾乎不值一提。可是，我希望將來，他想起我和他在一起的時光時，是精采有趣、開心愉悅的，而不是枯躁無聊、乾巴乏味的，最終連回憶的價值都沒有，被淹沒在他漫長的生命中。

吳居藍：「我說一件，妳說一件。」

我想了想，妥協了，「好。」

「我想要妳陪我去海上。」

他的意思肯定不是乘船出海去釣魚看日落什麼的，我把他的話反覆讀了三遍後，回覆：「我和你一起去。」

「該妳了。」

「我已經說了。」

「？」

「我想和你一起去海上。不是騙你，我現在最想做的事情就是和你一起做各種各樣的事，不管是一起爬山，還是一起下海，對我而言做什麼不重要，重要的是我們一起。」

吳居藍一直沒有回覆，我問：「是太感動了？還是睡著了？（建議選擇第一個答案，否則不利生命安全。）」

吳居藍哪個都沒選，「天快亮了，再休息一會。」

「最後一個問題，你對紐約印象最深刻的地方是哪裡？」

「劇院。」

我默默思索了一會兒，把手機放回床頭櫃，閉上了眼睛。

Chapter 14 妳願意嫁給我嗎？

我依舊是我，他也依舊是他，只不過我的中指上多了一枚象徵他承諾的石頭，
可是，一切都變了！就算他再說我聽不懂的話，周圍都是我不認識的人，那又怎樣呢？
不管再陌生的世界，他都會陪在我身邊！

我好夢正酣，睡得正香時，叮叮咚咚的音樂聲響起，將我從深沉的睡夢中叫醒。

迷迷糊糊中，我用被子緊緊地捂住耳朵，只想隨著睏倦，再度沉入夢鄉。可熟悉的音樂像一隻溫柔的手，執著地拉著我，阻止我再度沉睡。

熟悉？

突然間，我反應了過來，一直響在耳畔、擾人清夢的曲子是我最喜歡的《夏夜星空海》。

我不禁慢慢地放鬆了被子，仔細聽了起來。

應該是用鋼琴彈奏出的曲子，不同於古琴的空靈雅靜，悅耳動聽的曲子中多了一點輕靈歡快，就好像一群美麗的小精靈正在繁星滿天的大海上輕盈起舞，讚美著星空下的大海是多麼遼闊、多麼美麗。

江易盛也會彈一點鋼琴，但這絕不是他彈奏的，是吳居藍！

他肯定是不想我晚上失眠、白天睡覺，所以彈琴叫我起床。

我匆匆披上睡袍，赤腳跑出了臥室，站在二樓的欄杆前，居高臨下看過去——落地大窗前，陽光燦爛，吳居藍穿著一件白色襯衫，坐在黑色的三角鋼琴前，正在彈奏曲子。輕薄的晨光中，他的上半身宛如古希臘神廟前的大理石雕像般完美，修長的手指靈活地撫過黑白相間的琴鍵，悠揚的音樂就像山澗清泉般流瀉而出。

我靠著欄杆，靜靜地凝視著他，凝視著這人世間所能給予我的最美的風景。

一曲完畢，吳居藍抬起頭看向我。

大概我的目光中流露出了太多我心裡早已經溢滿的感情，他定定地看了我一下，才說：「我已經準備好早飯了。」

我對他燦爛一笑，說：「我去洗個臉、刷個牙，馬上就下來。」

吃完早飯，我問巫靚靚今天的安排。

本來以為肯定要和巫靚靚的老闆見一面，但巫靚靚說老闆有事，暫時不會見我。

他派了兩個律師來公寓，我一邊喝著吳居藍煮的咖啡，一邊把合約簽了。我委託公司出售兩塊石頭，對方從售價裡抽取百分之三十的佣金。

等律師走了，我問巫靚靚：「是不是因為昨晚我沒有去吃晚飯，妳老闆生氣了才不願見我？」

「他沒有生氣，至於為什麼現在不想見妳……」巫靚靚倚著吧檯，很無奈地攤攤手，「老男人的想法太古怪了，我也不知道老闆究竟在想什麼。」

「會影響我賣石頭嗎？」

「絕對不會！不過，那兩塊石頭沒那麼快賣出去，妳恐怕要多留幾天，可以嗎？」

我想了想說：「可以！我們正好在紐約玩幾天。」我本來打算盡快趕回家去陪吳居藍，就沒做任何的遊玩計畫，但現在吳居藍也來了紐約，正好可以改變一下計畫。開玩笑！二十幾個小時的舟車勞頓，不好好玩一下怎麼對得起自己？

接下來的四天，我一邊和時差搏鬥，一邊按照網路上的旅遊攻略，中央公園、大都會藝術博物館、自由女神、帝國大廈、時代廣場、華爾街……一個沒錯過地全去了。

自由女神是一八八六年落成，大都會博物館建於一八七〇年，都是吳居藍離開美國之後的事。他和我一樣，也是第一次來。我和吳居藍一起站在這些建築物前合影時，我一面覺得很開心，吳居藍關於這些地方的第一次記憶是和我在一起，一面又有點莫名的傷感，百年後，如果吳居藍舊地重遊、再來這裡，可還會想起今時今日？

紐約所有的旅遊景點，我們基本上都去過了，只差一個百老匯。江易盛問了好幾次是不是該訂票去百老匯看一場音樂劇，我和巫靚靚都裝沒興趣，不願意去，江易盛只能悻悻地作罷。

事實上，當然不是因為我沒有興趣，而是因為吳居藍那句關於劇院的話，讓我對百老匯的劇院格外重視。

根據網路上查的資料，百老匯的第一家劇院Park Theater建於一八一〇年，第二家劇院The Broadway建於一八二一年。毫無疑問，吳居藍在紐約的期間，百老匯已經有很多劇院在營業了，他曾在裡面看過戲，留下過不少美好的記憶，所以這是他印象最深刻的地方。

我查了一下資料，一八三八年到一八六五年，如今在百老匯最受歡迎的音樂劇還沒有誕生，那時正是歌劇的黃金年代。一八五〇年的前後，威爾第推出了三部風靡世界的傳世經典歌劇：《弄臣》、《遊唱詩人》和《茶花女》。我相信，以當時美國人對歐洲文化的崇拜和追捧，這三部歌劇在紐約的劇院肯定是常演的劇碼。吳居藍身在紐約，又喜歡去劇院，肯定看過。

前兩部的歌劇我查了資料才知道講什麼，後一部我看過小說，也看過電影，對故事很熟悉，就選它吧！

我悄悄找巫靚靚商量，希望她能想辦法安排在Park Theater或The Broadway安排一場歌劇演出，演出劇碼是《茶花女》，要威爾第時期的風格，我會出所有的費用。

巫靚靚知道我不是一個亂花錢的人，詫異地說：「要花不少錢！演員費可以省一點，反正紐約多的是有才華的年輕演員，但場地的租用費不便宜，只怕要好幾萬美金。」

想到一比六的匯率，我咬了咬牙說：「我有心理準備，妳就從我賣石頭的錢裡扣好了。不過記得保密，不要讓吳居藍知道了，我想給他一個驚喜。」

巫靚靚盯著我看了一瞬，承諾說：「我會幫妳安排好，保證給妳一個道地的十九世紀歌劇。」

我感激地說：「謝謝！」

巫靚靚搖搖頭，「我奶奶說『愛情是世界上最神奇的巫術，它能讓自私者無私、怯懦者勇敢、貪婪者善良、狡猾者愚鈍』，一切都是因為妳的巫術。」

我不好意思起來，哪裡有她說的那麼神奇？只不過是我不甘心吳居藍以前的時光中沒有我，企圖用金錢重塑一段過去的時光，鐫刻於他的記憶中罷了。

在巫靚靚的安排下，《茶花女》的歌劇演出定在了十月份的月圓之夜前一天的下午。

觀賞歌劇的傳統是要穿正裝，吳居藍自然是簡單的白色襯衫和黑色西裝。我穿上了特意去買的禮服，一條海藍色的長紗裙，十分飄逸蓬鬆，像是夏日午後的大海。我第一眼看到這條裙子，就覺得吳居藍應該會喜歡。當我從旋轉樓梯上迤邐走下時，他看到我的一瞬間，從他的目光裡，我感覺到我的判斷沒有錯，他的確喜歡。

9威爾第（Giuseppe Fortunino Francesco Verdi），義大利作曲家，是十九世紀最有影響力的歌劇創作者。

因為是包場，我們到達劇院時，劇院裡冷冷清清，只有我們四個人。我帶著吳居藍選擇了正中間的位置，江易盛和巫靚靚坐在了我們前面兩排。

燈光漸漸暗了下來，前面的江易盛和巫靚靚頭挨著頭、竊竊私語，我和吳居藍卻沉默地端坐著。我敏銳地感覺到他情緒似乎並不好，一直目光幽深、若有所思地看著四周空蕩蕩的座位。

我突然有點惶恐，會不會弄巧成拙了？

布幕緩緩拉開，舞臺布景非常復古，音樂也很古典，迅速把人帶到了十九世紀的歐洲。

第一幕是茶花女的巴黎寓所。一群上流社會的男人圍繞著巴黎當時最美貌的交際花大獻殷勤，男主角阿芒被介紹給茶花女瑪格麗特，他急切地表達著他的愛意，卻遭到了茶花女的拒絕。

我看著舞臺上衣飾繁瑣優雅的男男女女，恍惚地想起《茶花女》小說出版於一八四八年，《茶花女》歌劇首演於一八五三年，描述的正是那個時代的愛情。我自以為是地強拉著吳居藍坐在我身邊，去看一段舊時光的愛情，卻忘記考慮，當年他看《茶花女》時，身邊坐的是誰？

我試圖用金錢去參與一段早已逝去的時光，可也許，是讓逝去的時光參與了我現在的時光。吳居藍正坐在我身邊，但明顯和我一樣，心有所思，我所思念是他，他所思念是誰呢？

百年前，陪他看過《茶花女》的人已經消失；幾十年後，我也會消失；百年後，是不是也會有個女孩不甘心地試圖參與到已經逝去的今日時光中？

我也知道自己這麼想很沒有意義，過去和未來都在我的時光之外，實際上我都根本不存在，可以說，和我沒有任何關係，但這一剎那，我竟然那麼悲傷、又那麼貪婪，不但想擁有現在，還嫉妒著過去和未來。

吳居藍漸漸恢復正常，他察覺到了我的異常，輕聲問：「怎麼了？」

我盯著舞臺，搖搖頭，不知道我能說什麼。

吳居藍握住了我的手，「妳不喜歡看這個？」

我努力笑了笑說：「我想看看你看過的東西，那時候應該很流行看歌劇。」

吳居藍明白了為什麼會有這場只有我們四人的歌劇演出，他說：「妳特意安排的？為了我？」

我點頭。

吳居藍拉著我站了起來，「我們馬上離開！」

我都沒來得及跟江易盛和巫靚靚打一聲招呼，就暈暈乎乎地被他拉出了劇院。

離開了那個封閉黑暗的環境，不用再欣賞過去時光的愛情，我的心情一下子輕鬆了許多。

吳居藍脫下薄羊絨大衣，披在我的肩上，我知道他的身體特殊，並不畏懼寒冷，就沒有謙讓。他的外套帶著他獨有的清冷味道，我微笑著攏得更緊了些，腦中突然閃過一個念頭——百年前、千年前，可曾有人也在蕭瑟秋風中，用他的外套取暖？他現在可會想起她？

吳居藍帶著我避開了遊客人多的街道，向著附近的公園走去，越走視野越開闊。正是十月金秋時節，紐約街頭的色彩濃烈明亮，猶如一幅幅色澤飽滿的油畫。

秋高氣爽、天藍雲白，長長的林蔭道上，高高的大樹，有的金黃絢爛，有的緋紅奪目，地上鋪了一層薄薄的落葉，各種色彩交雜，遠遠望去，我們就像是走在華美的錦緞上。

我正心神恍惚地看著風景，突然聽到吳居藍說：「我不喜歡劇院！我的聽覺和嗅覺都比人類敏感，劇院裡聲音嘈雜、一大群人坐得密密麻麻，對我的耳朵和鼻子都是一種折磨。」

我傻了，「可是你說……你對劇院的印象最深刻，我以為你是喜歡劇院。」

吳居藍眺望著遠處湛藍的天空說：「我告訴過妳，當年，我本來還想在紐約多住一段時間，可因為一件突然發生的意外，我不得不提前離開紐約，回到了海裡。那件突然發生的意外就是我被人發現了真實的身分，被設計抓住了。」

我「啊」一聲，幾乎失聲驚叫，明明知道吳居藍現在好端端地站在我面前，可依舊覺得害怕緊張。不管東方，還是西方，人類對「非我族類」的殘酷血腥都是一模一樣的，我忍不住問：「你怎麼會那麼不小心？」

吳居藍淡淡說：「一八六一年南北戰爭爆發，隨著戰爭的惡化，越來越多的男人或自願、或被迫地加入了戰爭。因為在證件上，我正是最合適的年齡，我和幾個朋友都被徵召入伍。其中一個朋友的情人是我的好友，離開前，我答應了她，會盡力保住她情人的性命。戰場上，有太多無法控制的意外，為了保住這位朋友的命，我不得不顯露了自己非同人類的力量。他當時沒有表露出任何異常，裝作沒有留意到我的特殊。一八六五年，南方宣布投降，南北戰爭結束。就在我們慶祝戰爭結束的那個晚上，他在我吃的飯菜裡下了迷藥，設計把我抓住了。」

又是一個關於背叛和出賣的故事，自從人類存在的那天起就在不斷地重複發生，以致我都沒有絲毫意外，只是覺得很心痛，「後來呢？」

「他們把我關在一個特製的玻璃缸中，想在劇院裡展出，憑藉我一舉成名。我對妳說我對紐約的劇院印象深刻，是因為我曾在舞臺上，透過玻璃缸，看他們一邊激動地盯著我，一邊貪婪地商量著展出成功後的各種計畫。」

我屏著口氣問：「後來呢？」

「在正式展出的前一天，一八六五年七月十三日，我的人放火燒了那家叫Barnum Museum的劇院，趁亂救走了我。」

「啊！Barnum Museum？我、我……搜尋百老匯的歷史時，看到過這條新聞，在當年是很大的事件！」那篇文獻強調這是一個由四層樓改造的大娛樂中心，位於百老匯街的西南角，薈萃了當時美國最受歡迎的流行文化，可惜一夜之間就被燒成了灰燼。我還遺憾它竟然在吳居藍離開的那一年就被燒毀了，否則我可以把歌劇安排在那裡上演。

吳居藍對我安撫地笑了笑，「已經是一百多年前的事了，都過去了！」

是啊！已經都過去了，他現在好好地在我身邊！我鬆了口氣，繼而十分愧疚於自己的自作主張，「我、我不知道你對劇院……我以為……對不起！」

吳居藍半開玩笑地說：「妳告訴我妳剛才在難過什麼，我就原諒妳。」

「你……怎麼知道我是在難過？」

吳居藍一邊牽著我的手慢步而行，一邊瞥了我一眼，淡淡說：「妳的情緒很強烈，我的感覺不算遲鈍。」

我咬了咬唇，期期艾艾地說：「我在想你以前喜歡過的女孩。」

吳居藍猛地一下子停住了腳步，轉頭看著我。

我不敢和他對視，低著頭，不好意思地說：「其實，有幾個前女友，甚至結過婚，都很正常！我只是隨便想想，你放心，我能理解……」

吳居藍用手托著我的下巴，抬起了我的頭，逼我和他對視，「沒有！」

「沒、沒有？」我此刻的表情一定很像個傻子。

「一個都沒有，妳是唯一。」

如果是別的男人說這句話，我只會當作虛偽的甜言蜜語，一笑而過，但說這句話的是吳居藍。雖然他表情平淡、語氣平淡，只是陳述著一個不想讓我誤會的事實，可那是千年的漫漫光陰。我知道我淺薄、小氣、自私、無聊，但知道了沒有一個女子握過他冰涼的手，沒有一個女子享受過他的關心照顧，知道他心裡沒有任何人的影子……我的驚喜是如此強大劇烈，讓我忍不住淚盈眼睫。

「妳啊……」吳居藍彎著手指，用冰涼的指背輕輕地印了印我在睫毛上的淚珠，似乎實在不知道該拿我怎麼辦才好。

我不好意思地偏過頭，像每個知道自己被寵愛的女孩般，用裝模作樣的蠻不講理去要求更多，「那麼漫長的時間，一個都沒有？我不相信！就算你沒有喜歡過別人，也肯定有別人喜歡你吧？」

吳居藍肯定看出了我是恃寵而驕，他掐了一下我的臉頰，似笑非笑地說：「妳以為每個女人都會像妳一樣臉皮比海龜殼還厚？」

我一下子真惱羞了，蠻不講理地說：「我哪裡臉皮厚了？你才臉皮厚呢！」

他笑著說：「好，是我臉皮厚！我家沈螺的臉皮比牡蠣肉還嫩！」

我被他那句「我家沈螺」逗得心裡直發酥，再也板不起臉，用拳頭輕搥了下他的胸口，嘟囔說：「我臉皮厚還不是被你逼出來的！」

他不笑了，輕聲說：「對不起！」

我愣了一愣，微笑著搖搖頭。沒有對不起，一切都是我心甘情願，如同紀伯倫所說，愛情從來都不可能只有甜蜜，苦痛也是愛情的一部分，讓我們更清楚地認識自己，也讓我們更珍惜得到的甜蜜。

吳居藍盯著我的眼睛說：「在遇到妳之前，我從來沒有考慮過要找一個人類作伴侶。歸根究柢，在人類的眼裡，我是異形的怪物，不清楚我的真實身分時，他們也許會有好感，但絕不會有人真的選擇一個怪物當作伴侶。」

我立即說：「你不是怪物。」

「那我是什麼？」吳居藍笑吟吟地看著我，並不像是很在意我的回答，可又透著隱隱的期待。

我抱住他的腰，清晰地說：「你是我的愛侶，相愛一生的伴侶。」

吳居藍靜靜地站了一會兒，收攏了手臂，緊緊地抱著我，低下頭，在我的頭髮上輕輕地一吻。

我和吳居藍回到公寓時，已經六點多。

江易盛在玩平板電腦，巫靚靚在看電視，都是一副百無聊賴的樣子。
我抱歉地對巫靚靚和江易盛說：「不好意思，我們中途離場了。」
巫靚靚沒興趣追究已經發生的事，對我說：「兩塊石頭已經賣掉了，如我猜想的，老闆把兩塊石頭都買了下來，總價是三百五十萬，扣除各種手續的費用，到手的是一百九十多萬。」
我對這筆意外的收入很滿意，「謝謝妳，也謝謝妳的老闆。」
巫靚靚說：「前一句，我收下了。後一句，妳親自對老闆去說吧！我奶奶安排了一個酒會，讓妳和老闆正式見面。」
「什麼時候？」
「今天晚上。」
我驚訝地說：「今天晚上？妳現在才告訴我？」
巫靚靚聳聳肩說：「這可不是我的主意，是老闆下午發消息給我奶奶，誰知道他老人家碰到了什麼事，突然就迫不及待地想見妳？」
江易盛低著頭，邊玩遊戲邊冷笑著說：「一會兒不見，一會兒想見，把人當猴子耍嗎？」
巫靚靚踢了他一腳，江易盛不吭聲了。我暗笑，女王的調教很成功！
我想了想說：「今天晚上就今天晚上吧！」
我本來計畫等過了月圓之夜，吳居藍的身體一切正常後，就回中國，估計以後再無機會見巫靚靚的老闆。雖然只是一筆生意，可人家熱情款待了我們，我也應該當面向人家道聲謝。
我問巫靚靚：「酒會的衣服有什麼要求？」

巫靚靚說：「我奶奶已經幫妳準備好了，都放在妳的臥室裡。」

請人吃飯，還要負責準備衣服？這是哪國的禮儀？我有點傻了。

巫靚靚看了眼吳居藍，站了起來，對我誠懇地說：「這件事對我奶奶很重要，她希望妳能盛裝出席，所以……拜託妳了！」巫靚靚對我彎身，行九十度的鞠躬禮。

我被嚇了一跳，忙說：「好的，好的！」巫靚靚對我們一直照顧有加，我決定不管她奶奶準備了什麼奇裝異服，我都會硬著頭皮穿上，權當彩衣娛親。

走進臥室，看到巫靚靚的奶奶準備的禮服，我放下心來了，並不是什麼古怪的衣服，也不是我想像的鮮亮耀眼的老人家審美品味。一件白色的提花收腰及膝公主裙，剪裁簡單，做工素淨，除了衣料本身的提花，再沒有其他任何裝飾。

我穿上後，才發覺這剪裁和做工都肯定大有學問。看上去很簡單，可全身上下沒有一處不舒服，讓我覺得穿得很舒服的同時，完全凸顯出了我身材的優點，可以說，我從沒有穿過這麼舒服，又這麼美麗的衣服。我想翻看一下是什麼牌子，卻什麼都沒有找到，讓我懷疑這大概就是傳說中的高級私人訂作。

我走出衣帽間，對巫靚靚說：「裙子很合身，也很好看，謝謝妳奶奶！」

「妳喜歡就好。」

巫靚靚讓我坐到梳妝檯前，她站在我身後，幫我把頭髮綰上去盤成髮髻，戴上亮晶晶的鑽石髮飾。她自己一頭俐落的短髮，幫人打理起長髮的速度卻很快，不一會兒就說：「ＯＫ，頭髮好了！

稍等一下，再化個淡妝。」

也就十幾分鐘吧，巫靚靚說：「換上那雙銀色的魚脣高跟鞋，去照一下鏡子，看滿不滿意。」

我穿上高跟鞋，走到鏡子前，吃驚地看著鏡子裡的自己。

巫靚靚很滿意我的反應，一邊笑著，一邊把一條鑽石項鍊，戴到我脖子上，又幫我戴上了配套的鑽石耳環，「這就是我們女人的巫術。」

我不得不承認她說的很對，真的是巫術！一條裙子、一個髮型、一個妝容、幾件首飾，就讓我好像徹底換了一個人，我自己都覺得自己看上去高䠷、纖細、美麗、高貴。

女為悅己者容！我立即想到了吳居藍，匆匆往樓下跑，「吳居藍！吳居藍……」

沒有人回答我，不但吳居藍不在，連江易盛也不在。

巫靚靚在我身後說：「他們有點事，提前出發了，待會兒和我們在酒會碰頭。」

我失望地說：「他們有什麼事需要提前出發？」

巫靚靚笑著說：「別擔心，吳大哥不會錯過妳今晚的美麗。」

我被戳破了心事，不好意思了，忙掩飾地說：「妳去換衣服化妝吧！我等妳。」

不到二十分鐘，巫靚靚就換好禮服、化好了妝，搖曳生姿地走了出來，一襲玫瑰紅的長裙，纖穠合度、張揚熱烈，猶如晚風中盛放的玫瑰，我忍不住驚嘆，「何謂尤物？妳就是現身說法啊！」

巫靚靚笑著挽住我的手臂說：「走吧！」

我們到酒會現場時，我才發現根本不是我想像中的小酒會。

金碧輝煌的宴會廳，穿梭不息的白衣侍者，還有衣冠楚楚的客人，怎麼看都很像是我在好萊塢電影中看到的隆重晚宴，難怪巫靚靚的奶奶要特意為我準備衣服和首飾。

一路走來，一直有人在打量我們，我有點局促不適，巫靚靚卻顧盼生姿，十分享受眾人的矚目。她笑著說：「別緊張，他們只是在欣賞妳的美麗。」她親暱地挽住我的手臂，朝我眨眨眼睛，「誰叫我們今夜一個是烈火玫瑰，一個是清水百合，並蒂雙開，男人最大的夢想！」

我苦笑，「這就是妳奶奶倉促準備的小酒會？」

巫靚靚無奈地說：「今晚對她很重要，老人家很注重儀式！妳該慶幸，她的時間有限，邀請的客人也很有限，如果再多給她幾天時間，估計連非洲部落的酋長都會來。」

我好奇地問：「為什麼妳一直說今晚對妳奶奶很重要……」

「小螺！」

身後傳來的聲音打斷了我的話，我回過頭，發現竟然是周不聞和周不言。他們驚訝地瞪著我，把我從頭仔細地看到腳，就好像從來沒有見過我一樣。

我也毫不客氣地細細打量著他們。這兩人挽臂而站，透著親暱，明顯是一對情濃意合的戀人。只看外表，男子斯文、女子秀麗，的確是一對璧人。可想到周不聞竟然撇下自己的女友，跑來裝模作樣地追求我，而周不言竟然能眼看著自己的男友對別的女人玩曖昧，我覺得有點噁心。

大概是我的眼神太嘲諷，周不聞不安地挪動了下身子，想分開一點和周不言的距離，周不言卻挽得更緊了，示威地看著我。

周不聞微笑著說：「小螺，妳怎麼在這裡？」

我對他看似溫和有禮、實際高高在上的語氣很不舒服，學著他的口氣，也微笑著說：「不聞，你怎麼也在這裡？」

周不聞的笑容僵了一僵，問：「吳居藍沒有陪妳來嗎？」

我的語氣柔和了，「他待會兒過來。」

周不言再也按捺不住，譏諷地說：「土包子！以為賣了兩塊破石頭，就是有錢人了！拿著幾百萬人民幣就敢來紐約炫富，當心妳那個吃軟飯的繡花枕頭男朋友被真富婆看中，被搶走了！」

吵架嗎？我想贏的時候，還從來沒有輸過！我笑咪咪地說：「周小姊有空擔憂我，不如先擔憂一下自己，至少我男朋友從來沒有企圖出軌的不良記錄。」我拍拍周不聞的肩膀，一副哥倆好、混得好的樣子，「大頭，你有沒有告訴你女朋友，你向我表白，還企圖強吻我，被我拒絕了？」

周不言氣得臉色發青，「妳、妳……那根本不是真的！不聞是我的未婚夫，他只是假裝……」

「不言，閉嘴！」周不聞臉色難看地低斥，但已經晚了。

一件因為沒有證據，我一直像鴕鳥地拒絕面對的事實攤開在我面前。我盯著周不聞，用力掐著他的肩膀，有很多話想質問，可過於憤怒難過，反倒一句話都說不出來。

竟然真的是周不聞！為什麼？飛車搶劫、入室偷竊我還勉強能理解，可他怎麼能那麼對江易盛的爸爸？怎麼能派了四個歹徒來襲擊我？多年的情誼在金錢面前難道一點都不重要了嗎？

一隻冰涼的手握住我的手腕，把我的手拉離了周不聞的肩膀。已經熟悉到骨髓的溫度，我立即反握住了他的手，才扭頭看向他。

在吳居藍深邃寧靜的目光下，我的憤怒和悲傷漸漸平靜了。

周不聞看到吳居藍身旁的江易盛，臉色越發難看了。

江易盛笑了笑，對周不聞說：「我記得第一次喝酒，是跟你學的，我覺得很難喝，一小口一小口地抿著喝，還被你嘲笑說不像男人。大頭，我再敬你一杯！」

江易盛隨手從侍者端著的托盤裡拿過了一瓶烈酒，倒了滿滿一杯玻璃杯，仰起頭一口氣喝完。

周不聞看著他，面如死灰。

第一次喝酒，是年少友情的開始，最後一次喝酒，是年少友情的結束。因為當年的李大頭，江易盛對周不聞所做，不再追究，但絕交酒後，周不聞再犯秋毫，江易盛會睚眥必報。

想起年少時，我們三個躲在無人的海灘上，一邊喝酒抽菸，一邊嘻嘻哈哈地說笑，再看看眼前，我覺得心裡堵得很難受，本來盤旋在嘴邊的質問都變得沒有了意義。沒有「為什麼」，或者說「為什麼」根本不重要，重要的是時光終究改變了我們的模樣，讓我們變成了陌生人，追問過去的時光中究竟發生了什麼，對陌生人沒有任何意義。

江易盛笑著把喝空的酒杯遞到周不聞面前，周不聞卻遲遲沒有接。江易盛笑問：「敢做就要敢認！連喝杯酒的勇氣都沒有了嗎？」

周不言並不懂江易盛和周不聞打的啞謎，看江易盛喝酒大概就像林黛玉看初進大觀園的劉姥姥飲茶，她鄙夷輕蔑地說：「你們這叫喝酒？連餐前酒和餐後酒的英文都沒弄清楚就來參加Violet的酒會，丟人現眼！不聞，我們走，不用理他們！」

周不言拖著周不聞離開了，江易盛把空酒杯還給了侍者，我擔心地問江易盛，「你還好吧？」

江易盛說：「別擔心我，也別因為周不聞影響自己的心情，不值得！」他瞅了一眼吳居藍，笑得意味深長，「小螺，今天晚上妳是主角，重頭戲還沒開場呢！」

我看看他和吳居藍格外正式的裝扮，想起來今天晚上是來見巫靚靚的老闆的，但我現在真的沒心情和陌生人談笑風生，只想趕快完成任務，返回公寓。

「靚靚，妳老闆叫什麼名字，他在哪裡？」

巫靚靚瞟了一眼我和吳居藍交握的手說：「老闆叫Regulus，是拉丁文，意思是王子，也有獅子的心的意思。我奶奶馬上就會介紹他和妳認識。哦，我奶奶就是剛才周不言提到的Violet，很多不瞭解她的人都以為她博學、神祕、優雅、迷人……」

巫靚靚沒有再往下說，因為宴會廳裡驟然的安靜，讓我隨著眾人熱情的目光已經看到了她的奶奶，一個打扮得體、談笑迷人的老婦人正款款地走進來。她一襲黑色的晚禮服，頭髮整齊地綰在腦後，一眼就能看出她的年齡，可時光在她身上留下了優雅和風度，把每一條皺紋都變成了歲月的饋贈。一屋子花枝招展、爭奇鬥豔的女子，在她面前，突然之間竟然好像都淪為了陪襯。

我忍不住看看她，又看看巫靚靚。巫靚靚的面孔很亞洲華裔，她的奶奶卻很西方，不是金髮碧眼的西方，而是拉美裔的黑色頭髮、蜜色肌膚。兩張面孔截然不同，卻又能找出明顯的相似之處。

巫靚靚解釋說：「我奶奶自稱吉普賽人，有西班牙的血統。我有印第安人和中國人的血統。」

我點點頭，表示明白了。

巫靚靚的奶奶站在麥克風前，用英文致歡迎詞。

她的語速不快，發音也很標準，我基本上都聽懂了。她今晚邀請的客人都是和她有合作關係的朋友，有已經合作上百年的老夥伴，也有正在拓展亞洲生意的新搭檔。她的生意涉及很多領域，地產、珠寶、製藥、醫療、礦產、新能源……Violet做生意的方式和現在企業的經營理念不太相同，她沒有一家公司有上市，全部都是私人擁有，但毫無疑問，這是一個低調卻富足的商業王國。

我越聽越好奇，這樣一個聰慧優雅的女士究竟會為什麼樣的老闆服務？要多有魅力的人才能讓她臣服？

Violet突然看向了我們的方向，她伸出手，做出一個恭敬邀請的姿勢，「如我之前告訴大家，我的家族只是替我的老闆經營所有的生意。今夜，請允許我向你們介紹我的老闆Regulus。」

大家都看向我們，準確地說，都是順著Violet目光看著吳居藍。我若有所悟，卻難以置信，茫然地看看四周，試圖找到另一人，證明是我誤會了。但是，周圍再沒有其他人，只有吳居藍。

今天下午他說過的話突然浮現在我的耳畔，「我的人救了我」，百年前他就不是一個人，有人追隨他、保護他。美國自從建國，除了一次南北內戰，政局一直穩定，只要有穩當可靠的代理人，當年的產業延續到現在是非常正常的一件事。

吳居藍安撫地捏了捏我的手，放開了我，向著Violet走去。

Violet退讓到一旁，用力鼓掌，霎時間，整個宴會廳裡爆發出雷鳴般的掌聲，Violet和幾個站在前面的老人都激動得眼含熱淚，似乎正見證著一幕不可思議的奇蹟發生了。

吳居藍卻只是淡然地站在那裡，冷峻的面容沒有任何表情，就好像擁有一切、看盡一切的王者，不管發生什麼都理所當然。

掌聲漸漸停歇，吳居藍對Violet和那幾個老人說：「Good evening, my friends. I'm back!」

他們激動地用力鼓掌，看得出來，他們都如Violet女士一樣，不僅個人魅力出眾，財力和社會地位也很出眾，他們的一舉一動總是會帶動別人跟隨，惹得整個宴會廳裡又是一陣雷鳴般的掌聲。

唯獨沒有跟著激動的人就是我、江易盛、周不聞和周不言了。

周不聞和周不言正用最不可思議的目光瞪著我，一副「明明看到一個人踩了狗屎，卻沒想到竟然是金礦」的見鬼表情。

其實，我的心情和他們一樣，眼睜睜地看著被我包養的人變成賣了我也包養不起的人，感覺真的很糟糕。而且，我一直或多或少地認為我是吳居藍在這個世界上的唯一，可現在，我發現我頂多是幾分之一，還是能力最弱小的那幾分之一，讓我覺得很沒有安全感。

掌聲停歇，那幾個看上去很有社會地位的老傢伙們一一上前向吳居藍打招呼，他們帶著自己的兒子、孫子，或是帶著自己的女兒、孫女。他們的祖先應該都是從歐洲移民到美國的，雖然故土早離，可他們的外貌和語言依舊帶著故土的影子，西班牙裔、德裔、義大利裔、法裔……他們每一個人用的語言都不相同，吳居藍也分別用不同國家的語言和他們說話，一舉一動，禮儀完美。

眾人簇擁中的吳居藍讓我覺得幾分陌生，雖然我一直知道他窮得連鞋子都沒有時，也不改傲慢和挑剔，但現在親眼目睹他猶如歸來的王者一般，淡然地接受著眾人的歡呼和敬服，卻是另外一種感覺了。他說的話我完全聽不懂，他做的事我完全看不懂，他身邊的人我完全不認識……他顯得很遙遠、很陌生。那個月圓之夜，即使他顯露真身，告訴我他不是人，我都沒有這種感覺，可現在我覺得我們完全是兩個世界的人。

我輕聲說：「他還真的很像他的名字呢，一位王子！」

巫靚靚盯著吳居藍，毫不遲疑地說：「不是很像，Regulus就是王子！」

我愣了一愣，忍不住想，如果他是王子，那我是什麼呢？會不會是午夜十二點前的灰姑娘，雖然穿上了美麗的公主裙，打扮得像一位公主，但終歸是要脫下裙子，打回原形的？

江易盛用手肘撞了一下我，在他的示意下，我看到周不聞帶著周不言靜靜地退到了人群外，正向著門口悄悄走去。盯著他們的背影，我竟然也有一種想逃走的感覺。

「感謝諸位的光臨……」吳居藍的聲音突然響起，竟然是中文。

周不聞和周不言都下意識地停住了腳步、回過身來看，我也回過了頭，奇怪地看向吳居藍。

吳居藍正目光犀利地盯著我，和他視線相撞，我不禁心裡發虛，他看透我的所思所想了！他的目光帶著一點怒氣，似乎在說：妳敢逃？妳試試！

吳居藍盯著我，用中文緩緩說：「今夜邀請你們來不僅僅是想和諸位見一面，更重要的是想請你們見證我即將要做的事。」

他穿過人群，邁步走向我，隨著他的動作，所有人的目光都匯聚到我和他身上。

從小到大，我都不是人群的焦點，也不習慣做人群的焦點，緊張地想後退。吳居藍屈膝，單腿跪在了我面前，手上拿著一枚碩大的藍色鑽戒，「小螺，妳願意嫁給我嗎？」

我如同聽到了定身咒語，立即被定在了地上，震驚地問：「你說什麼？」

幸虧，不只是我被驚嚇住了，人群中也發出此起彼伏的驚呼聲，掩蓋住我極其失禮的問話。

吳居藍盯著我的眼睛，又重複了一遍，「妳願意嫁給我嗎？」

我屏息靜氣地聽完，立即展顏而笑，迫不及待地從他手裡搶過戒指，「我願意！我願意！」

江易盛拚命地咳嗽，我才發覺，我似乎太著急了，應該眼含熱淚、矜持地把手伸過去，讓吳居藍替我戴上戒指。可是，我已經當著所有人的面搶過來了，難道要我再還給吳居藍嗎？

我捏著戒指，進也不是、退也不是。

吳居藍本來犀利的目光柔和了，他笑著站了起來，很是自然地拉過我的手，替我戴上了戒指，就好像儀式本該如此。然後，他握著我戴著戒指的手，彎下身、低下頭，非常紳士地在我手背上吻了一下。

如同有一股電流從我的手背擊向了我的心臟，讓我剎那間激動得心跳加速、血液逆行，這一刻，我才頭暈目眩地真正意識到究竟發生了什麼：吳居藍，向我求婚了！是求婚！求婚！求婚！

從這段感情的開始，我就一直是那個努力往前走的人，吳居藍一直表現得很猶豫，甚至可以說，他根本就是很想拒絕，只不過架不住我厚臉皮，可連我這個臉皮厚的傢伙都不敢考慮結婚，吳居藍竟然向我求婚了！

真是奇怪！我依舊是我，他也依舊是他，只不過我的中指上多了一枚象徵他承諾的石頭，可是，一切都變了！就算他再說我聽不懂的話，做我看不懂的事，周圍都是我不認識的人，那又怎麼樣呢？不管再陌生的世界，他都會陪在我身邊！何況，他還寧願讓所有人都聽不懂，也要用中文，只是為了讓我能聽懂。

吳居藍握著我的手，盯了一眼周不聞和周不言，用中文對所有人介紹：「我的未婚妻，沈螺！」

Violet善解人意地幫他翻譯成了英文，但她身邊的所有老人都保持著沉默，似乎完全接受不了這個事實。

吳居藍靜靜地注視著他們。Violet第一個舉起手，開始鼓掌，其他人也陸陸續續開始了鼓掌，最終整個宴會廳裡又是雷鳴般的掌聲。

吳居藍微微一笑，說：「謝謝！」

音樂適時地響起，Violet打了個眼色給巫靚靚。

巫靚靚笑對江易盛說：「借用一下你的美貌！」未等江易盛反應過來，她就拉著江易盛走進了舞池，隨著音樂，開始翩翩起舞。

江易盛動作略微遲滯了一下，很快就跟上了她的舞步。

他們倆，男的風流倜儻、女的豔光四射，舞步花樣百出又出奇和諧，引得不少人也開始跳舞。

圍繞在吳居藍身前的人們漸漸散去，Violet和那幾個老人卻沒有離去，她恭敬地對吳居藍說：「請跟我來。」

我們隨在她的身後，走進了和宴會廳相連的一個休息室。

侍者把門關上，音樂聲和人語聲都被關在了門外，室內顯得很靜謐。吳居藍帶著我在沙發上坐下，別的人全都站著。

Violet很親切地對我說：「已經聽靚靚提起過妳很多次了，我可以叫妳小螺嗎？」

中國人的禮貌，尊老愛幼，Violet肯定算是長輩，我想站起來，吳居藍卻按住了我，我只能坐著不動，笑說：「當然可以。」

Violet微笑著向我介紹她身邊的幾個老者，每個人都會走上前，拿起我的手，彎身低頭，輕吻一下我的手背。自始至終，吳居藍一直坐在我身旁，一句話都沒有說。我隱隱地覺得這不僅僅是一個西式禮節，更像是一個儀式，但究竟代表著什麼，吳居藍沒有解釋，我也沒有問，只是盡可能地維持著從容端莊，不求奪冠，只求不出錯。

等所有人和我打過招呼後，吳居藍握住我的手，站了起來，開口說道：「沈螺是我選定的生命伴侶，從今日起，我們分享生命賜予的所有榮耀，也分擔生命帶來的所有苦難。」

我心中震動，呆看著吳居藍。

Violet幾乎大驚失色地說：「Regulus……」

吳居藍目光銳利地盯著她，Violet掙扎了一下，謙恭地低下了頭。

吳居藍又用英文把剛才的話重複了一遍，在所有人震驚的目光中，他說：「我希望你們牢牢記住我說的話。」

說完，他帶著我，走出了休息室。

吳居藍看了一眼正翩翩起舞的江易盛和巫靚靚，問我：「妳想再玩一會兒嗎？如果想跳舞，我可以陪妳。」

我搖搖頭，「我想回家了。」

他說過他的聽力和嗅覺都遠比人類敏銳，這樣聲音嘈雜、氣味混雜的場合，他肯定不喜歡，正好，我也不喜歡。

吳居藍笑了笑，溫柔地說：「好，我們回家！」

★ ☆ ★ ☆ ★

回到公寓後，當我站在密碼鎖前輸入密碼時，突然反應過來為什麼這棟公寓的密碼是我的農曆生日了。不是巫靚靚叫人換的密碼，而是吳居藍特意設置的密碼。

我問：「這個房子是你以前住過的房子？」

吳居藍說：「嗯！不過，每隔二十年，他們會重新幫我辦一個身分證件，也會重新裝修一次房子，除了那些書架上的書，別的地方基本上都看不出以前的樣子了。」

我推開門，彎身屈膝，俏皮地做了個請進的姿勢，對吳居藍說：「歡迎回家！」

吳居藍說：「以後也是妳的家。妳的生日我沒有送妳生日禮物，這間房子就算我補送給妳的生日禮物。」

什麼？送給我了？我愣住了。

吳居藍拉著我走進公寓，「妳別覺得很貴重不願意收，當年我只是喜歡這裡植被茂密、人煙稀少，以極低的價格買下的。」

我回過神來，嘻皮笑臉地說：「我沒嫌貴！傻子才會嫌錢多！只要是你送的，多貴我都敢收！我就是不敢相信天下真的竟然有這樣的好事，本來我做好了勤勞誠懇、努力養家的準備，沒想到你這麼土豪[10]，讓我直接升級成了米蟲。」

吳居藍微微而笑，凝視著我說：「小螺，這樣的妳，真的很好！」他的目光深邃專注，簡直可以用「深情款款」四個字來形容。我不好意思了，紅著臉看看這裡、看看那裡，就是不好意思和他目光對視。

吳居藍輕聲地笑了起來，戲謔地問：「妳在看什麼？」

我振振有辭地說：「看我的房子！」說完，我真的仔細打量起我的房子來。

突然，我看到了兩樣熟悉的東西。

「呀！它們在這裡！」我驚喜地跑了過去。

那塊螺化玉的珊瑚石像是在海島的老房子裡一樣，放在客廳的地板上，上面放著一盆綠色的盆景；鸚鵡螺化石也像以前一樣，做為裝飾，放在了客廳的架子上。

吳居藍說：「這是妳爺爺的遺物，如果不是為了錢，妳肯定不願出售。現在我們既然不缺錢，就讓它們依舊陪伴著妳吧！」

我看看珊瑚石和鸚鵡螺化石，再看看屋子的四周，沉默地凝視著吳居藍。

廚房裡那些中國的調味料和食材，臥室裡的海螺擺設，浴室裡我用慣的洗髮精和沐浴乳，甚至打開電視後能收到的中文臺……難怪我總覺得布置屋子的人好貼心，想得好周到，幾乎照顧了我所有的需求。

吳居藍走到我的身前，關切地問：「怎麼了？」

我說：「這屋子裡的東西我以為是巫靚靚找人布置的，原來是你親手布置的。」

吳居藍說：「時間太緊湊，只有半天的時間，我只能隨便布置一下。回頭按照妳的心意，我們再好好布置一下，以後妳再來紐約，就可以住得更舒服一點。」

我從來沒有想到，有一天我會被人這樣放在手掌心，呵護周全、萬般寵愛。

我眼睛潮濕，忍不住依偎到他懷裡，緊緊地摟住了他的脖子，那枚深藍色的鑽戒在我的手指上熠熠生輝。

我愛的人，來自藍色的海洋，給了我海洋般的深情！不管前方是什麼，榮耀或者苦難，我都心甘情願去承受！

10土豪：中國的網路用語，帶有貶義，指暴發戶喜歡大把花錢，但不一定是真正的富豪。

Chapter 15

心甘情願被撲倒

我一時衝動，在他臉頰上用力親了一下，貼在他耳畔喃喃說：

「不要對我太好了，我已經很愛很愛你，可我還是會怕我的愛配不上你對我的好！」

湛藍的天空，蔚藍的大海。

一艘灰黑色的小船漂浮在海中央。

海面上沒有一絲的海風，海浪溫柔得猶如嬰兒的搖籃一般，輕輕地一搖一晃。

我在海裡游泳，那麼快樂、那麼自在，就好像花兒開在春風裡、鳥兒飛在藍天中。

突然，爸爸、媽媽又開始吵架，我一著急，腿抽筋了，海水灌進了我的口鼻，我的雙手無意識地揮舞掙扎著。爸爸、媽媽卻忙著吵架，誰都沒有留意到我。

我向水底沉下去，我不停地掙扎，卻越掙扎越下沉。

我漸漸地閉上了眼睛，失去了呼吸，整個人像一縷白雲般，一直飄向海底、一直飄向海底……

我猛地從夢中驚醒了過來，不停地大口喘著氣，就像是真的差點窒息而亡。

過了好一會兒，我才漸漸平靜下來。自從我克服了心理障礙，敢穿著救生衣下海後，就很少做溺水的夢了，但偶然做一次，總是讓人覺得好像真的死了一次般的痛苦。

為了盡快擺脫這種剛從地獄裡爬出來的不愉快感，我下意識地去想快樂的事……我想起了昨夜吳居藍的求婚，總覺得幸福美好得不像是真的，不會只是黑夜裡的一場美夢吧？

我急急地舉起手，看到了我連睡覺都捨不得摘下來的藍色戒指，才確定一切都是真實的。

吳居藍確確實實向我求婚了，我也答應了！

我凝視著手上的戒指，微笑著說：「早安，吳夫人！」說完，我用力親了下戒指，精神抖擻地跳下床，去刷牙洗臉。

★ ☆ ★ ☆ ★

我下樓時，吳居藍已經在吃早餐。

他聽到我的腳步聲，抬頭看向我。

我走到餐桌旁，笑著說：「吳先生，早安！」

他被我的稱呼弄得有點莫名其妙，疑惑地盯著我。

我背著雙手，看著他，甜蜜蜜地笑著，沒有一絲要答疑解惑的意思。

他面無表情地起身，把準備好的早餐放在我面前。坐下時，順手在我的腦袋上敲了一下，「吃飯了！」

我坐到他身邊，一邊喝牛奶，一邊神神祕祕地問：「想不想知道我在高興什麼？」
吳居藍瞥了我一眼，完全看透了我的鬼伎倆，淡淡說：「不管我說什麼，妳都不會告訴我。」
我懊惱地說：「不管我要說什麼，你都應該先說『我想知道』。」
他配合地說：「我想知道。」
我愉快地說：「我不會告訴你！」
吳居藍一邊用刀叉切著培根，一邊表情淡漠地說：「真難以想像，我竟然和妳進行這麼無聊的對話。」
我瞪著他，「吳先生，你什麼意思？」
他頭也沒抬地說：「難以想像的不是對話無聊，而是，我竟然甘之若飴。」
我就像是突然掉進了蜜罐裡，從頭到腳都冒著甜蜜蜜的泡泡。可那個說著甜言蜜語的人卻好像完全沒覺得自己是在說甜言蜜語，不管表情，還是語氣，都如同陳述客觀事實般的淡然平靜。
我笑咪咪地看著他，越看只覺得越開心，忍不住又叫了一聲「吳先生」，吳居藍抬起頭，對我說：「我在這裡！」然後，他轉頭看向走道，淡淡地問：「你們看夠了嗎？」
躲在牆後、只探出一個腦袋的巫靚靚和江易盛訕訕地走了出來，巫靚靚急急忙忙地解釋：「我是怕打擾你們。」
江易盛沒有那麼多顧忌，走過來揉了一下我的頭，坐到了我身旁，大大咧咧地說：「我就是想看一下某個臉皮超厚的女人臉紅的樣子。」
我得意地掃了他一眼，「不好意思，讓你失望了！」

江易盛咬著麵包，不懷好意地說：「是嗎？吳夫人！」他非常有意地加重了最後三個字。

糟糕！小祕密暴露！我立即心虛地去看吳居藍，沒想到吳居藍也正看向我，兩個人的目光撞了個正著，我的臉唰一下就變紅了。我忙說：「江易盛胡說的！我叫你吳先生才不是那個意思！」

江易盛吭哧吭哧地笑，「拜託！吳夫人，妳的智商能再低一點嗎？這種解釋和招供有什麼區別？」

我再不敢看吳居藍，轉頭瞪著江易盛，簡直恨不得把手裡的牛奶潑到他頭上，青梅竹馬什麼的最討厭了，一點祕密都藏不住！

江易盛不但不懼，反而拿出手機，迅速地替我拍了幾張照，笑咪咪地對吳居藍說：「吳先生，想要贖回吳夫人惱羞成怒的照片，必須答應我一個條件，否則，我就發朋友圈示眾了！」

我氣得要撓江易盛，「你敢！」

吳居藍平淡的聲音從身後傳來，「照片發到我的手機裡，條件隨你開。」

江易盛愉快地說：「成交！」他對我做鬼臉，「吳先生已經擺平了我，吳夫人請息怒！」

我心裡又尷尬，又甜蜜，悻悻地放開了手，低下頭，做出專心吃早餐的樣子，沒有一點勇氣去看吳居藍。

早餐快吃完時，巫靚靚問：「Regulus，你今天的安排是什麼？需要我做什麼？」

吳居藍問：「船準備好了嗎？」

「準備好了，一艘配置齊全的小遊艇，有兩間臥室，非常安全、也很舒適。」

江易盛詫異地問我：「你們今天要出海？」

我抬頭看吳居藍，今天是農曆十五、月圓之夜，吳居藍肯定自有安排，我不敢擅自做主。

吳居藍說：「我要帶小螺出海，你們不用去。」

巫靚靚忙說：「Regulus，我和江易盛一起去比較好，我知道你會駕駛船，但我有開船的駕照，而且熟悉這艘船的所有設備，多一個會開船的人總是安全點。」

吳居藍想了想，說：「好！」

巫靚靚看吳居藍答應了，轉頭叮囑江易盛：「待會兒收拾行李時，多帶一點衣服，我們要在海上過夜，晚上會很冷。」

江易盛驚訝地問：「這麼早出門，還不能當天往返，要去的地方很遠嗎？」

吳居藍說：「紐約附近的海水太髒了，我們要去深海。」

「哦！」江易盛以為我們是為了看到好的風景才要去深海，我卻明白吳居藍的意思，他是真的嫌棄紐約附近的海水髒。

☆ ☆ ☆

淡藍色的天空、深藍色的大海，白色的遊艇行駛在海天之間，放眼望去，藍色幾乎成了唯一的色彩，無垠又純粹。

我靠坐在背風處的甲板上，曬著太陽，愜意地舒展著身體。

江易盛和巫靚靚卻身體僵硬、神情凝重地盯著船艙，因為我可愛的老古董吳先生根本沒駕駛過設備這麼先進的船，他又傲嬌地拒絕巫靚靚的幫助，竟然一邊翻看著說明書，一邊開始學著開船。

但凡看到說明書上某個沒見過的功能，他立即像小孩子試駕玩具船般，興致勃勃地試驗起來。

江易盛眼含熱淚地說：「我們這是真船，我也是真人啊！」

白色的遊艇像喝醉了一樣，歪歪扭扭地行駛著，時不時還會突然發出響聲，冒出一個新鮮的功能，嚇人一跳。

江易盛不敢再看，無力地癱靠在艙壁上，哭喪著臉問巫靚靚：「這真的是他的船？」

巫靚靚也沒有勇氣繼續看了，小心地說：「是老闆的船，只不過……他是第一次開。」

江易盛用腳踢我，「妳聽到了嗎？」

我點頭。

江易盛說：「妳能不能去勸勸他？考慮一下我們的人身安全吧！」

我乾脆俐落的說：「不要！我覺得他的開心比你們的安全重要很多。別緊張，就算船翻了，他也會救你，不會讓你淹死的。」

江易盛恨恨的罵：「沈螺，妳這個有異性就沒人性的傢伙！算妳狠！」

我皮笑肉不笑地說：「哪裡有你們狠？早知道吳居藍的身分，卻不告訴我，讓我一個人蒙在鼓裡！你們還想繼續愉快地做朋友嗎？」昨天晚上我太高興了，顧不上找他們算帳，現在才開始秋後算帳。

巫靚靚忙撇清了自己，「不是我不想告訴妳，而是Regulus是我的老闆，老闆的命令，我不能不聽啊！」

我悻悻地說：「好吧！算妳的理由充足！可是，江易盛，你呢？」

江易盛冷嘲：「是妳自己太笨，那麼明顯都看不出來，關我什麼事？」

我默默的檢討了一下，的確有不少蛛絲馬跡。只不過我被吳居藍的第一印象迷惑了，總是把他想成一個一無所有的人。卻忘記了，我那兩塊從海裡撿來的石頭就賣了幾百萬，他能在海裡來去自如，相當於坐擁一個無窮無盡的寶藏，怎麼可能會窮到一無所有？

我問巫靚靚：「妳去海島做醫生，是特意去尋找吳居藍的嗎？」

「我無意中在網上看到了那段斫魚膾的影片，覺得影片裡的男人有點像奶奶收藏的老照片上的老闆，就立即趕去確認了。」

吳居藍的老照片就只能是一八六五年以前的照片，我吃驚地問：「妳是說……吳居藍的老照片嗎？」

巫靚靚說：「對，我們家僅有的一張老照片。」

昨天晚上，我就感覺到Violet是知道吳居藍的身分的，看來我的感覺沒有錯。

我擔心地問：「知道這事的人多嗎？」

巫靚靚說：「別擔心，非常少！連我媽媽都不知道。我是因為將來會接替奶奶的位置，所以奶奶告訴了我。」

江易盛疑惑地問：「什麼知道不知道？妳們在說什麼？」

我對江易盛做了個鬼臉，「我有個祕密，可是，就是不告訴你。」

江易盛譏笑，「妳現在滿腦子除了吳居藍，還能有什麼？他再帥，也是個男人，我對男人的祕密沒興趣！」

我笑咪咪地反唇相譏：「你沒興趣真是太好了，至少咱倆這輩子不用因為搶男人反目成仇！」

巫靚靚噗哧笑了出來，「你們的感情可真好！」

我和江易盛相視一眼，彼此做了個嫌棄的表情，各自扭開了臉。

巫靚靚笑問：「你們這算是網路上常說的相愛相殺[11]嗎？」

我突然想起什麼，求證地問：「吳居藍的那些網路上的影片是妳刪除的嗎？」

巫靚靚不好意思地說：「是我讓人去刪除的，還讓人發文宣傳說影片裡的內容都是假的，只是商業的包裝手段。抱歉！」

我說：「妳考慮得很細緻謹慎，是我應該謝謝妳。」

果然不是吳居藍做的，不過，吳居藍攬下這事也是有道理的，巫靚靚是他的人，做的事自然算在他頭上，只是……我純粹好奇地問：「在妳來我家之前，吳居藍就知道妳了？」

巫靚靚往我身邊挪了挪，悄悄說：「我剛到海島時，就見過老闆了。當時，我跟蹤他去菜市場買菜，完全不敢相信這麼居家的男人會是奶奶口中描繪的Regulus。我還在糾結怎麼試探他一下，沒

11 ACG次文化（動畫、漫畫、遊戲）用語，意指彼此看似互有好感卻又因立場不同而敵對，糾結於既愛又恨的情感中。

想到他早察覺了有人在偷偷跟蹤他，把我揪了出來。我沒有馬上說出自己是誰，他把我當成了周不聞的同夥，差點痛下殺手，嚇得我立即報出家族姓氏，他才放過我。我確定他是Regulus，可是，他完全沒興趣搭理我，我沒有辦法了，才透過江易盛登門拜訪。」

原來是這樣啊！難怪巫靚靚那天說的話句句都很有深意。

巫靚靚看著我手指上的藍色鑽戒，說：「昨天晚上，周不言看到妳戴上這枚戒指時，眼睛都能噴火了！這樣的藍色鑽石不是有錢就能買到的，更不可能是打折商品。」

她掃了一眼船艙，看吳居藍正專注地研究著雷達螢幕，壓低了聲音說：「老闆肯定是故意的，只是不知道他這是介意周不言對妳出言不遜，還是介意周不聞對妳意圖不軌。」

我不好意思地說：「吳居藍才不會介意這些小事呢！」

巫靚靚笑得頗有深意，「不介意？妳知不知道是老闆讓我奶奶請來周不聞和周不言，否則，就算奶奶和他們有一點的生意往來，也不可能邀請他們出席昨日的酒會。」

我傻眼了。

巫靚靚幸災樂禍地說：「小螺妹妹，聽姊姊一句勸，以後千萬別在老闆面前提周不聞想強吻妳了。妳當時只顧著和周不聞說話，我可是親眼看到老闆的眼神突然變得很可怕。」

我想起來，吳居藍抓著我的手腕，把我的手從周不聞的肩頭抓開，當時沒有多想，現在才察覺了他這個小動作的意思。我心虛地問：「吳居藍真的眼神變得很可怕？」

巫靚靚點頭，學著我那晚的動作，哥倆好地搭到我的肩頭，「妳不但說了周不聞想強吻妳，還這麼親暱地搭人家的肩膀，老闆的眼神就變得很可怕了。」

「我只是想噁心一下周不聞和周不言！」

江易盛嘲諷說：「妳這就叫做無差別攻擊，順便也噁心了吳大哥。」

巫靚靚附和說：「這種傷敵也傷己的招術還是慎用吧！」

我鬱悶地想，昨天晚上我還說了什麼，沒有再亂說話吧？

凝神回想著昨晚見到周不聞的細節，周不言的幾句話從記憶中跳出。

「土包子！以為賣了兩塊破石頭，就是有錢人了！拿著幾百萬人民幣就敢來紐約炫富，當心妳那個吃軟飯的繡花枕頭男朋友被真富婆看中，被搶走了！」

我心裡一驚，細細琢磨起來。

江易盛在我面前打了個響指，嘲笑地問：「喂，妳不會這麼怕吳大哥生氣吧？」

我拍開他的手，嚴肅地問巫靚靚：「周不聞和周不言他們家是不是挺有錢的？」

「看妳怎麼定義有錢，和老闆相比，他們猶如螢火對月光。」

「幾百萬人民幣對他們是不是不算什麼？」

「肯定！昨天晚上周不言身上戴的首飾至少就要一百多萬。」

我看著江易盛，江易盛也看著我。以他的智商，肯定明白我在思索什麼了。

江易盛皺著眉頭說：「如果幾百萬人民幣對周不聞和周不言都不算什麼，妳的那兩塊石頭就不可能是他們的行動目標了，他們究竟想要什麼？」

吳居藍的聲音從船艙門口傳來，「我讓Violet邀請周不聞和周不言出席酒會，其中一個目的就是想查清楚他們究竟想要什麼。」

我和巫靚靚面面相覷，剛才背後議論他的話都被聽到了！

我忙狗腿地說：「看！我就知道吳居藍不會那麼無聊小氣，肯定是有正經的原因才會邀請周不聞和周不言的。」

巫靚靚對我這種死道友不死貧道的做法極其不恥，壓著聲音提醒我：「只是其中一個目的！」

吳居藍提著一打啤酒走過來，輕描淡寫地說：「不錯，只是四個目的中的其中一個。」

巫靚靚朝我做了個「危險人物靠近，我還是躲遠點」的怪異表情，急急忙忙地站了起來，朝著船艙走去，大聲地說：「為了大家的安全，還是應該有個人守在船艙內，船上只有老闆和我有駕照，老闆既然出來了，我就去守著了。」

吳居藍坐在我身旁，把啤酒遞給江易盛。江易盛拿了一瓶，扔了一瓶給我，要給吳居藍，吳居藍搖搖頭，表示不喝。

我打開了易開罐，一邊喝著啤酒，一邊裝模作樣地看風景，企圖把剛才的話題略過，「已經看到了很多魚群，希望待會兒能看到鯨魚。」

江易盛卻成心要害我，一邊喝酒，一邊笑咪咪地問：「吳大哥，你邀請周不聞和周不言出席酒會的其他三個目的是什麼？」

吳居藍說：「一個是讓他們看清楚小螺身後的力量，我之前就說過，再企圖傷害小螺，必須考處承受我的怒火，但他們應該覺得我不夠資格說這話，沒放在心裡，我只能用他們能看懂的浮誇方式再告訴他們一遍。」

本來以為他在飯桌上說的這句話是玩笑話，沒想到他是認真的，我心裡的暖意融融，溫柔地看著吳居藍。

江易盛問：「還有兩個目的呢？」

吳居藍淡淡說：「剛才巫靚靚已經說了，我不喜歡周不言對小螺說話的態度，更不喜歡周不聞對小螺表達愛慕之意，尤其他竟然敢當著我的面！」

剎那間，我覺得頭頂電閃雷鳴，囧得立即轉過了臉，還是看風景比較安全！

江易盛也被囧到了，剛喝進口裡的一口啤酒差點全噴了出來，他一邊咳嗽，一邊說：「大哥！你能不能不要用這麼正兒八經的語氣說這麼不正經的事情，會死人的？」

吳居藍蹙了蹙眉，嚴肅地問：「你認為這事不正經？」

巫靚靚趴在窗戶上，半個身子探在外面，大聲說：「江醫生，你剛才的說法非常不科學、不嚴謹！但凡看過一點《動物世界》就應該知道，對於雄性而言，凡是關於配偶的事都很正經，不管示好還是示惡，都有可能引發生死決鬥！老闆可是很守舊的人，上次我看到周不聞當著老闆的面竟然對小螺大獻殷勤，就在愉快地等著看他怎麼死了。」

我忍不住問：「靚靚，妳確定妳是在開船，不是在偷聽？」我覺得巫靚靚本來挺正常，可自從跟了個不正常的老闆後，說話也開始又雷又囧。

「是在開船！」巫靚靚立即縮回了身子，裝出很忙碌的樣子。

江易盛呵呵乾笑了兩聲，看看我、又看看吳居藍，自己找藉口撤退了，「我去看一下靚靚。」

遊艇一直向著碧海藍天的深處駛去，越遠離人類居住的陸地，風景就越好。

我和江易盛在海邊長大，也算是從小看慣大海的景緻，可不同的海域，風景總是不同，別的不說，就是大海的顏色都不同。

白色的海鳥繞著我們的船上上下下地飛舞，偶爾還會落在欄杆上，借我們的船行一段路。海豚追趕著魚群，時不時跳出海面，在蔚藍的海面上劃出一道道美麗的弧線。

江易盛和巫靚靚用力地吹口哨、鼓掌，聰明的海豚似乎明白有人在欣賞牠們「翩若驚鴻、矯若遊龍[12]」的美麗身影，越發來勁，偶爾還會在空中來個連續翻，惹得我們大呼小叫。

吳居藍坐在我身旁，安靜地看著我一邊大叫，一邊拿著手機不停地拍照。

巫靚靚看到我的手機外面套著一個透明的密封塑膠袋，塑膠袋上有一根長長的帶子，讓我可以掛在脖子上，她好奇地問：「妳的手機怎麼裝成這樣？」

「網購的手機防水袋，設計很合理，完全不影響打電話和拍照，既能掛在脖子上，又能綁在手臂上，防止落水後手機被水流沖走。」

我笑拉起吳居藍的衣袖，他的手機用束帶固定在手臂上，和我的是情侶手機套。我把我的手機擺旁邊，向巫靚靚炫耀，「怎麼樣？」

「妳……考慮得真周到！」巫靚靚好不容易找到一句可以讚美我的話後，默默地轉過了頭。

我心裡想，不是考慮周到，而是吃一塹長一智，我可不想每個月換一個新手機！

目送著一群海豚遠去後，我對吳居藍遺憾地說：「爺爺說他小時候海島附近有很多的海豚，船稍微開一開就能看到鯨魚，可惜這些年裡環境被破壞得厲害，海豚越來越少，至於鯨魚我更是從小到大，一次都沒有見過。」

吳居藍微微一笑，什麼都沒有說。

我看江易盛和巫靚靚離我們還有一段距離，低聲問：「海豚雖然生活在海裡，可其實並不是魚，而是哺乳類動物，那個……」

我有點不知道該如何說明我的想法，吳居藍卻立即明白了我想問什麼，「雖然被叫做人魚，但我們和海豚、鯨魚一樣，都是胎生，並不算魚。人類的古老傳說中，東方把我們叫做鮫人，西方把我們叫做mermaid、merman[13]，都離不開同源的『人』。我想大概你們的祖先早就知道從基因的角度來說，我們的確是同源。只不過在進化的過程中，你們選擇了陸地，我們選擇了海洋。

「為了在不同的環境中更好地生存下去，身體不得不向著不同的方向進化，億萬年後，大家就

12出自三國魏・曹植・〈洛神賦〉：其形也，翩若驚鴻，婉若遊龍。榮曜秋菊，華茂春松。引申形容體態輕盈矯捷。

13 mermaid指美人魚、merman指男人魚。

變得截然不同了。就像鯨魚和海豚本來都是有後肢的，但因為選擇了海洋，牠們的後肢消失，變成了魚鰭。」

很早以前，我曾看過一篇論文，是對比研究中西方的古老傳說。那篇文章分析：在古老的年代，中西方隔著浩瀚的海洋，根本不可能有文化上的交流，但很多的傳說和記載，卻表現出驚人的相似性。從機率的角度來說，巧合的可能性很小，更大的可能是生活在不同陸地上的人類都見過、經歷過，所以在不同大陸的傳說和記載裡有了驚人的相似性。比如，遠古時期的洪水。不管東方還是西方的傳說中，都有洪水氾濫、人類艱難求生的記錄。隨著科學技術的發展，地質研究證明了，人類的歷史上的確經歷過大洪水。

我還記得那篇文章也提到了人魚，說不管是東方，還是西方，都在很古老的傳說中就有了這個物種，對他們的外形描述也是大同小異，如果排除小機率的巧合，更大的機率就是這個物種曾經真實地存在過，甚至仍然存在。

畢竟，雖然人類已經登上過月球，可對地球的瞭解卻還是流於表面，整個地球只有百分之二十九的面積是陸地，百分之七十一的面積都是海洋。那麼浩瀚的海洋裡，究竟藏著什麼，現在還沒有人真正知道。

吳居藍看我一直在凝神思索，溫和地說：「我對這些只是泛泛瞭解，妳如果對生物進化的事情感興趣，可以問Violet，她的家族一直致力於研究這些。聽說她幫Discovery做了兩期《Mermaids》，還幫Crypt-O-Zoo做了《The Merman》，裡面探討了人魚的起源和進化。」

我感興趣地說：「回頭去找來看看。」

我想起查閱的資料，好奇地問：「書上說鮫人哭泣時，流下的眼淚是一顆顆珍珠，真的嗎？」

吳居藍說：「好像是真的。」

我驚訝地問：「好像？你都不知道？」

吳居藍說：「妳以為我們像你們一樣想哭就能哭嗎？人類和海豚一樣，有淚腺；但人魚和猿猴、鯨魚一樣，根本沒有淚腺。」

我想不通地說：「海豚有淚腺，人類的近親猿猴卻沒有淚腺？」

吳居藍說：「很多生物學家也想不通這個問題，一直在研究。因為沒有淚腺，人魚幾乎一輩子都不會哭一次，我從來沒有親眼見過人魚哭，只是聽族裡的長輩提起過，似乎確有其事。」

我盯著吳居藍的眼睛，不解地問：「沒有淚腺，那怎麼才能哭出珍珠呢？」

吳居藍彈了一下我的額頭，好笑地說：「我又沒有哭過，我怎麼知道？族裡的長輩說要痛苦傷心到極致，我想像不出那種感覺。」

我點點頭，表示理解。吳居藍都已經活了上千年，被人背叛陷害過，被自然界的猛獸重傷過，目睹了無數次生離死別，不管什麼痛苦和傷心都算是經歷過了，卻一直沒有落過淚，估計是沒有淚腺，真哭不出來。

突然，一聲悶雷般的巨大聲音傳來，我被嚇了一跳，扭頭看向海面，一下子變得目瞪口呆：藍寶石般澄淨的藍天下，一道沖天而起的「噴泉」，高達十幾尺，聲勢驚人。

江易盛衝到了欄杆邊，興奮地大叫：「鯨魚！鯨魚！」

「真的是鯨魚！好大！」我也忍不住興奮地站了起來。

極目望去，海面上不知何時聚集了十幾隻鯨魚，繞著我們的船緩緩游動。

剛才那一下聲勢驚人的「噴泉」就像是報幕員的報幕，把我們的目光都吸引到了牠們身上。

好戲，現在才真正開始！

牠們像一個有經驗的表演團一般，大小間隔、參差錯落地一時沉下、一時浮起。每當浮起時，就會噴出水柱，水柱上粗下細，頂部絲絲縷縷飛散開，猶如一朵朵白色的大菊花。

牠們彼此配合，變換著噴水的方位和噴水的高度，讓空中的朵朵水花時而高、時而低，組合成了不同的形狀。有的時候像天上的星辰，有的時候像起伏的漣漪，有的時候像是盛開的花朵。

牠們甚至懂得利用陽光的折射，製造彩虹。最大的一頭鯨魚的身軀比我們的遊艇還大，牠會緩緩地從我們的遊艇邊游過，在最適合的位置噴出高高的水柱，讓陽光在我們的眼前折射出一道七色彩虹，伸出手，那彩虹就浮在掌心。

江易盛剛開始還激動地拿著手機，不停地拍照，後來完全看傻了，呆若木雞地站在欄杆前，不停地說：「牠們是在有意識地表演！」

似乎是為了回應江易盛的話，十幾條鯨魚齊齊浮出水面，成交疊的環狀圍繞著我們的船，一起噴出了高高的水柱。美麗的水花在我們頭頂的天空綻放，好幾道彩虹交錯出現在蔚藍如洗的天空。

我們眼前、身邊都是彩色的光芒，像是絢麗的煙花在繽紛地綻放，可因為是朗朗白日，比沉沉黑夜的煙花更明媚鮮亮、輕盈靈動。

流光溢彩中，我回頭看向了吳居藍——這是大海，是他的領地，只有他才能讓這如同童話般的夢幻場景發生！

吳居藍淡淡說：「一個小禮物，送給從來沒有看到過鯨魚的妳。」

碧海藍天間，七彩的霓虹就飄浮在他身後，讓人彷若置身於仙境，但此時此刻，再瑰麗的天地景色，也比不上他淡然的眉眼。

我一時衝動，猛地撲過去，摟住他的脖子，在他臉頰上用力親了一下，貼在他耳畔喃喃說：「不要對我太好了，我已經很愛很愛你，可我還是會怕我的愛配不上你對我的好！」

吳居藍看上去靜站不動、臉色如常，鯨魚的「表演隊伍」卻驟然亂了，噴出的水柱也失了控。一個噴起的水柱距離船舷太近，水花朝著我和吳居藍飛濺而來。吳居藍急忙摟著我一轉身，背對飛過來的水花，把我藏在了懷裡，他自己被水花濺了個正著。

江易盛陰陽怪氣地嘲笑我：「沈螺，妳的智商和臉皮都開始越來越沒有下限了。光天化日、眾目睽睽下，就往男人懷裡撲。」

我心中又驚又喜，對江易盛的話充耳不聞，呆呆地盯著吳居藍。

吳居藍放開了我，沒在意地拭了一下頭上的水珠。自始至終，他一直都是那種平靜淡漠、波瀾不興的表情，但剛才，他肯定是情緒波動很大，所以才讓鯨魚們失了控。

我竊喜地想：是因為我?!

我一直目不轉睛地盯著他，吳居藍神情自若地說：「衣服濕了，我去換件衣服。」

他轉身走向船艙，經過江易盛的身邊時，順手拿過江易盛手裡的空啤酒罐，雙手輕鬆一拍，就拍成了一張扁平的圓片。他又把圓片放回江易盛的手裡，淡淡說：「如果我不是心甘情願，沒有人能撲倒我。」

江易盛的嘲笑聲戛然而止，目瞪口呆地看著手裡形狀規整的薄薄圓片。

我本來嚴重的懷疑，吳居藍其實並不介意穿濕衣服，而是和我某些時候一樣——不好意思地落荒而逃了！可看到他還能分出心神幫我從江易盛那裡找回場子，我又覺得我大概真的想多了！

我從江易盛的手裡拿過被吳居藍壓成薄片的啤酒罐，一邊翻來看去，一邊忍不住地笑了起來。不管怎麼樣，我都是被他的面癱臉給騙了，在這段戀愛中，他也會羞澀緊張，也會因為我的一個親暱觸碰而失控。

我心滿意足地想，這才正常嘛！好歹我也是看遍愛情偶像劇的人，什麼激情畫面沒有見識過？沒有道理比他這個老古董更緊張羞澀啊！

＊ ＊ ＊ ＊ ＊

和心愛的人在一起，時間總是過得分外快，只覺得太陽剛升起沒多久，就又到了日落時分。

我們把船停在海中央，一邊欣賞著晚霞，一邊用晚餐。巫靚靚做了香味濃郁的奶油海鮮義大利麵，味道十分鮮美，吳居藍卻沒有要奶油海鮮湯，只吃著很清淡的麵。

我記得吳居藍並不排斥味道濃郁的食物，奇怪地問：「今天有忌口的食物？」

吳居藍淡淡說：「如果不是我自己烹飪的食物，清淡一點，方便吃出有沒有加入藥物。」

江易盛差點被剛吃進口裡的義大利麵嗆住，表情古怪地說：「你認真的？」

我知道這是真的不能再真的話，但看巫靚靚的神情很尷尬，忙哈哈笑著說：「當然是開玩笑的了！他就是有點上火而已。」

吳居藍瞥了我一眼，沒有反駁我善意的謊話。

等吃完晚飯，收拾完餐具，天色已經快要全黑。

江易盛一邊喝著酒，一邊興致勃勃地提議：「今天是農曆十五，月圓之夜，等月亮升起來了，我們來個月下垂釣吧！」

我立即否決，「今天晚上我要和吳居藍單獨活動。單獨活動！只有我和吳居藍！」江易盛自小就喜歡熱鬧，不強烈一點的強調我需要私密空間，他肯定要跟著過來湊熱鬧。

「哦——」江易盛不知道想到了什麼，笑得又奸又賤。他放下酒杯，拉開窗戶，探頭出去看了一圈，「幕天席地，你們可真有野趣，今天晚上風大，小心著涼！」

我愣了一下，才明白了他的葷話，忍不住一拳捶到他背上，「哪裡來的那麼多齷齪思想？」

江易盛應聲而倒，癱軟在桌子上。

我笑著推他，「別裝柔弱了！」

他卻紋絲不動，我又推了幾下，才發現他不是裝的，而是真的昏了過去。我被嚇著了，就算我那一拳用了點力氣，可怎麼樣也不至於把一個一百八十幾公分的大男人打暈啊！

我驚慌地叫：「吳居藍！」又想起巫靚靚才是正兒八經的醫生，「靚靚，妳快過來看一下！江易盛昏倒了！」

巫靚靚倚著吧檯，非常鎮定地喝著紅酒，「我在他的海鮮麵裡放了鎮靜劑，不昏倒才奇怪。別擔心，睡一覺，明天就好了。」

我徹底傻了，下意識地去看吳居藍，味道濃郁的食物真的會添加藥物啊？那我呢？我也要昏睡過去了嗎？

巫靚靚猜到了我所想，忙解釋說：「妳的食物裡，我什麼都沒有放。」

吳居藍盯著巫靚靚，平靜地說：「原因！」

「有些事沒必要讓江易盛知道，這是最保險的做法，公平起見，我也會服用鎮靜劑，陪他一起昏睡一晚。」巫靚靚晃了晃酒杯，「已經放在了酒裡。」

巫靚靚一口氣喝光了紅酒，走過來，竟然雙手用力一提，就把江易盛扛了起來。她像扛沙袋一樣扛著江易盛，朝著通往艙底的樓梯走去，「我們下去睡覺了，兩個房間我和江易盛一人一間，反正你們用不上，就不留給你們了，明天早上見！」

巫靚靚的腳步聲消失在船艙底，我依舊目瞪口呆地看著樓梯口的方向。

吳居藍說：「她們家的人從小就要接受嚴格的體能訓練，一百多年前是為了保命，現在好像是家族傳統。」

我回過神來，果然是女王威武！不管是力氣，還是智慧，都簡單粗暴！她對江易盛夠狠，可她也算陪江易盛有難同當了。而且，她所做的，也許正符合江易盛的心意。

以江易盛的智商，我不相信他沒有發現吳居藍的不尋常，但是他什麼都不問，就表明了什麼都不想知道。其實，很多時候，知道的太多不但於事無補，反而會成為一種負擔。

Chapter 16

妳可以出賣我

他盯著我的眼睛說：
「對我而言，最重要的是妳的性命，不管他們要求什麼，妳都配合。
只要妳好好活著，別的都無所謂，包括我的祕密和我。」

天色已經全黑，海上的風又急又冷，吹得人通體生寒。

吳居藍穿著薄薄一件白色襯衫，站在欄杆邊，眺望著東邊徐徐升起的月亮。

我卻全副武裝，高領的套頭羊絨衫、短款薄羊絨大衣、加厚牛仔褲，還戴了一頂毛線帽。

我搓了搓手說：「白天還好，晚上真挺冷的。」

吳居藍扭頭看了我一眼，「待會兒我下海後，妳去船艙裡等我。」

「不要！我要一直和你在一起！」上一次，吳居藍怕嚇到我，只在遠處向我展示了他的身體，一旦靠近我，就會把下半身藏到水裡。這一次，我不想他再躲避我了，我希望他真真切切地感受到，我不僅僅是不害怕他，我還愛任何模樣的他。

吳居藍說：「海水很冷，正常人在這樣的海水泡一個小時就會休克，妳的身體無法下水。」

現在是十月底，在陸地上都需要穿大衣禦寒了，我當然明白自己不可能陪他下海。

我指著船尾說：「遊艇的後面掛著一個救生用的小氣墊船，我可以坐在氣墊船上陪著你。」那樣雖然我在船上、他在水裡，但至少，我們可以手拉著手，可以清楚地看見對方。

吳居藍想了想，說：「好！」

本來我還以為要費一番口舌才能說服他，沒想到他這麼容易就接受了我的提議。我高興地幾乎要跳起來，抱著他的手臂，激動地說：「吳居藍，你真好！」

吳居藍搖搖頭，伸出手，幫我把帽子戴正了一點，「是妳很好、非常好！」

我有點害羞，不好意思地拖住他的手，往船尾走，「趕在你的腿還能動前，幫我把氣墊船放到海裡去。」

吳居藍翻出了欄杆，踩著船沿，輕輕鬆鬆地把固定在船尾的氣墊船放到了海裡。

我著急地想立即下去，他說：「等等！」

吳居藍走進船艙，從船艙裡拿了兩條羊絨毯、一個熱水瓶和一小瓶伏特加。

這會兒沒有人，他也不再掩飾，足下輕點，一個飛掠，就跳進了氣墊船裡。

我說：「我穿得這麼厚，肯定凍不著的！你別光忙著照顧我，還是先想想你還需要什麼。」

吳居藍低著頭，一邊布置氣墊船，一邊說：「一切我需要的都能在大海裡找到，除了妳！」

他說話時自自然然、平平淡淡，就像是說「渴了要喝水、睏了要睡覺」一般尋常，我卻聽得耳熱眼酸、心蕩神搖。

吳居藍抬起頭，對我說：「可以下來了。」

我沒有動，一直凝視著他。

他十分奇怪，露出一個「發生了什麼」的疑惑眼神。

我的老古董吳居藍啊，真是又精明又呆傻！我笑了出來，忍不住說了：「吳居藍，我愛你！」

吳居藍的表情越發的平靜淡然，眼神卻有點飄忽，避開了我的視線，微微下垂，冷冰冰地說：「下來吧！」

只可惜，我已經完全識破了他這種用波瀾不興掩飾波瀾起伏的花招，而且他越這樣越激發我的惡趣味，很想調戲他。

我笑咪咪地說：「喂！我說我愛你呢！你都不回應的嗎？至少應該深情地凝視著我的眼睛，對我說『我也愛妳』，或者……直接深情地擁吻？」

吳居藍以不變應萬變，看著月亮升起的方向，表情淡然地說：「我的腿馬上就要動不了了。」

呃——算你厲害！我再不敢磨磨蹭蹭，立即抓著欄杆，翻騎到了欄杆上。我心裡默唸著不要看水、不要看水，可眼睛總要往下去看氣墊船，無可避免地看到了起伏的海水。身體立即起了本能的畏懼，我自己都難以理解這種心態——坐在船上，就沒事，剛翻上欄杆，腳都還沒有離開船，就畏懼得想打哆嗦。

吳居藍伸出手，想把我抱下去，我忙說：「我自己來！」如果我愛的人是一個普通人，我怕不怕水都無所謂，大不了一輩子不下海、不游泳。但是，吳居藍以海為家，那麼我就算不能做一個游泳健將，也絕對不可以怕水。

吳居藍站在一旁，靜靜地看著我。

我一邊緊緊地抓著欄杆，一邊在心裡默唸：「有吳居藍在！不怕！不怕！妳能做到……」

突然，「叮叮咚咚」的手機鈴聲響起，是我的手機在響。

我應該盡快下到氣墊船裡就可以接電話，但是，我的手緊緊地抓著欄杆，就是不敢鬆手。「叮叮咚咚」響個不停的手機鈴聲像是一聲聲不停歇地催促，我越著急，就越害怕。

「不用這麼逼自己！」吳居藍猛地抱起了我，把我放到了氣墊船上。

我十分沮喪，這麼簡單的一件事怎麼就是做不到呢？

吳居藍說：「先接電話！」

我打起精神，接了電話，「喂？」

「沈螺嗎？」

聲音聽著耳熟，但又一下子想不起來是誰，我說：「我是沈螺，你是哪位？」

「我是沈楊暉！」

沒等我反應過來，沈楊暉就開始破口大罵：「沈螺！妳這個王八蛋！混蛋！臭雞蛋！爛鴨蛋！妳怎麼不去死？都是因為妳，妳是一個掃把星，我一定不會放過妳……」

沈楊暉邊罵邊哭，我整整聽他罵了三分鐘，還是完全不知道究竟發生了什麼事，只是感覺上發生了什麼不好的事情。可是，我已經幾個月沒有見過他們，連電話都沒有通過，我怎麼就成了掃把星，去禍害他們了？

沈楊暉依舊在翻來覆去地咒罵我：「沈螺！都是妳這個掃把星的錯！如果不是妳，媽媽根本不會和爸爸吵架！我媽沒說錯，妳就是一個賤貨……」

我說：「我是賤貨，你和我有一半相同的血脈，你就是賤貨二分之一！連賤貨都不如！」

「臭狗屎！」

「你是臭狗屎二分之一！剩下的二分之一都進了你大腦！人家是腦子進水，你是腦子進屎！」

「……」

我和沈楊暉來來回回地對罵，兩人的言辭堪稱匯聚了漢語言文化的糟粕，我擔心地掃了一眼吳居藍，發現他站在一旁，安靜地聽著，對我潑婦罵街的樣子很鎮定。我放下心來，繼續狠狠地罵。

沈楊暉被我罵傻了，終於安靜了下來，不再像瘋狗一樣亂叫，可以正常地談話了。

我說：「究竟發生了什麼事？你給我好好地說清楚！否則，我立即掛電話！」

「妳可真冷血！」

「你對我很熱血嗎？沈楊暉，你媽罵我時，壓根兒就不迴避你，證明她完全沒打算讓你和我做姊弟，你想要我怎麼樣？」

沈楊暉不吭聲了，手機裡傳來嗚嗚咽咽的抽泣聲。然後，他開始語無倫次地講述事情的經過，我漸漸整理出了事情的來龍去脈。

起因是那面被繼母搶走的銅鏡。有人找到繼母，想購買那面銅鏡，剛開始，繼母考慮到沈楊暉姓沈，那也算是沈家傳了幾代的紀念物，沒有答應出售。可對方提高了出價，許諾一百萬，繼母就動心了，決定把鏡子賣掉。

但是，誰都沒有想到一向懦弱的爸爸這一次卻很堅決，不管繼母是裝可憐哀求，還是潑辣發瘋地哭罵，他都不同意繼母賣掉鏡子。繼母在家裡隨心所欲慣了，自然不可能就此甘休，兩個人為了銅鏡吵個不停。

今天早上，爸爸開車送沈楊暉去學校，順帶打算載繼母到地鐵站口，方便她去上班。一路上，一家三口也算和樂融融，可繼母又接到了買鏡子的人的電話。爸爸才發現，因為對方承諾出到一百二十萬，繼母已經答應了賣鏡子，並且偷偷地把鏡子帶出來，打算待會兒就把鏡子交給對方。

兩人又開始為賣不賣鏡子大吵，無論繼母說什麼，爸爸都不同意。吵到後來，繼母的情緒失控下，不顧爸爸正在開車，竟然動手打爸爸，導致了車禍。

爸爸坐在駕駛位，繼母坐在副駕駛位，沈楊暉坐在繼母的後面，在發生車禍的一瞬間，爸爸為了保護妻兒，把方向盤拚命向右打，讓自己坐的一面迎向撞來的車。

最後，沈楊暉只是輕微的擦傷。繼母骨折，傷勢雖重，可沒有生命危險。爸爸卻是脾臟大出血，現在正在手術搶救中，生死難料。

沈楊暉六神無主、慌亂害怕下，就遷怒於我。如果不是因為我，爸爸就不會那麼堅持不賣鏡子；如果爸爸同意了賣鏡子，繼母和爸爸根本不會吵架，就不會發生車禍，繼母不會重傷，爸爸也不會生死未卜。

沈楊暉打電話來，不是為了向我尋求安慰幫助，而是純粹地發洩，他說著說著，又開始罵我。

我一邊聽著他的咒罵哭泣，一邊恍惚地想起爸爸離開海島時對我的承諾。

「小螺，我知道妳擔心什麼，不是只有妳姓沈，妳放心，那面鏡子我一定讓楊暉好好保管，絕不會賣掉！」

從小到大，爸爸在我的印象中一直是沒有原則的善良軟弱，像黏糊糊的麵團，沒有一點稜角，誰都能揉搓一番，所以他總是習慣性的出爾反爾，也沒有什麼男子漢的擔當。媽媽卻不但能幹，而且漂亮，她和同事發生婚外情，鬧到離婚，雖然外人都喜歡指責她，可我對她有失望、有心冷，卻從來沒有恨過她離婚，因為爸爸這樣的男人真的很讓女人絕望。

只是這一次，我完全沒有想到爸爸能這麼堅持地遵守諾言，也完全沒有想到在危急時刻，他竟然能果斷堅毅地把活命的機會讓給了妻兒。當然，我更沒有想到爸爸好不容易堅守一次諾言，會換來這樣的結果。

我心情沉重地問：「手術還要多長的時間？」

「這是很大的手術，醫生說時間不一定，至少還要兩、三個小時。」

「現在誰在照顧你？」

「我不需要人照顧！」

叛逆期的少年，我換了一種說法，「現在哪個親戚在醫院？」

「我姨媽，她一直罵罵咧咧，說全是我爸的錯，還追問我到底從爺爺那裡繼承了多少錢，我都懶得理她！」

楊家真是家風剽悍，不過，幸好沈楊暉也繼承了這點，不至於吃虧。我問：「你們的錢夠嗎？」他們雖然繼承了爺爺的存款，可還房貸、買車，估計已經花得差不多了。

沈楊暉譏諷：「不夠又怎麼樣？難道妳還打算給我和我媽錢？」

我沒理會他的刻薄，平靜地說：「我現在手頭有一筆錢，可以匯給你們。你需要多少？」

沈楊暉一下子沉默了。

我不耐煩地說：「喂？你說話啊！」

沈楊暉吸了吸鼻子，說：「誰稀罕妳的破錢！那個想買鏡子的人又打了電話給媽媽，媽媽還在昏迷，我就接了電話，已經把鏡子賣掉了！沈螺，我告訴妳，我討厭那面破鏡子，就是討厭！什麼沈家的祖爺爺、祖奶奶的，關老子屁事！」

「沈楊暉，你……」我想說，你覺得是我導致了爸爸和你媽吵架，卻不想想，如果不是這個買鏡子的人一再來誘惑你媽，你媽會和爸爸吵架嗎？你以為這樣做是報復我，卻沒想到是便宜了敵人嗎？但是，想到他媽媽昏迷未醒，爸爸生死未卜，我把到嘴邊的話都吞了回去。

我說：「既然已經賣掉了，你就把錢看好了，你姨媽肯定喜歡錢大於喜歡你這個外甥。等你媽醒了之後，你避開你姨媽，把這事跟你媽悄悄說一聲。」

沈楊暉不屑地說：「妳當我傻啊？我當然知道人心隔肚皮、財不露白的道理了！」

我說：「等爸爸手術成功後，你再打個電話給我，行嗎？」

沈楊暉吸了吸鼻子，鼻音濃重地問：「妳覺得手術會成功？」

我寬慰著他，也寬慰著自己，「宇宙有吸引力法則的，我們這麼想，事情就會向我們想的方向發展。」

沈楊暉說：「手術成功了，我就打電話給妳。」

「好，我等你的電話。」

沈楊暉惡狠狠地說：「萬一要是……我告訴妳，我不會放過妳！」他說完，立即掛了電話。

我怔怔地拿著手機，心裡滋味複雜。

和爸爸吵架時，不是沒下過狠心，權當自己沒有爸爸，可是，真要出事了，卻是割不斷的血脈相連，心裡又慌又怕。但是，我現在除了等待，什麼都做不了。隔著茫茫的太平洋，就算立即往回趕，也需要十幾個小時，手術早已經做完了。

一隻冰涼的手握住了我的手，我像受了驚嚇突然看到大人的小孩，立即抓緊了他的手。真的好奇怪，明明他的手的溫度比我的體溫低很多，可每一次握住他的手時，才覺得最溫暖。

吳居藍說：「我已經發了消息給Violet，她會聯繫上海的同行，盡全力搶救妳爸爸。」

我不知道能有多少幫助，但心裡稍微好受了一點。

我後知後覺地留意到，我坐在氣墊船上，吳居藍雙腿僵直，沒有辦法屈膝，只能以一種古怪的姿勢彎下身，握著我的手。

我急忙站了起來，不好意思地問：「你的腿……是不是要消失了？」

吳居藍安撫地說：「沒有關係，還能再堅持一會兒。」

我說：「你趕緊下海吧！」

吳居藍說：「妳現在心情不好，還是回船上休息，順便等沈楊暉的電話，不需要擔心我……」

我搖搖頭，「正因為我心裡不好受，才想和你在一起，我知道你能照顧自己，並不需要我，但我需要你！」

不管是肉體，還是精神，吳居藍都比我強悍太多，一直以來，都是我需要他多過他需要我。

吳居藍不再勸我，凝視著我說：「我也需要妳！」

我笑了笑，正要說話，吳居藍突然對我做了一個噤聲的手勢，示意我保持安靜。

他凝神聽了一陣子，對我說：「有船在接近我們。」

我什麼聲音都沒有聽到，不過吳居藍說有，肯定就是有了。我皺了皺眉，抱怨地說：「這麼大的一片海，竟然偏偏要從我們停泊的地方路過。」

吳居藍平靜地說：「也許不是路過。」

我愕然，不是路過，那是特意而來？我急忙說：「因為我的事，已經耽擱了很長時間，你趕緊下海，不管來的是什麼人，我都會應付的。」

吳居藍不理會我的提議，說：「妳先上船，去艙底和巫靚靚待在一起。」

我緊緊地握著他的手，表明他不下海，也休想我會上船。

吳居藍深深地看了我一眼，什麼話都沒有再說。

我看到掛在胸前的手機，念頭一轉，把手機塞到了高領羊毛衫裡，藏得嚴嚴實實。

＊　＊　＊

我和吳居藍手拉手，站在氣墊船上，靜望著夜色深處。

漸漸地，我聽見了引擎的轟鳴聲，兩艘衝鋒艇以極快的速度向著我們飛馳過來。似乎怕我們逃跑，還用了左右包抄的陣勢，明顯不是善意而來，我心裡的一絲僥倖也落空了。

我看看越升越高的月亮，焦急地對吳居藍說：「你先跳下海去！不管這些人來的目的是什麼，我都會好好和他們談。反正你不善於和人溝通，還常常把人激怒，留下來也沒有任何意義！」

吳居藍沒有吭聲，也沒有動。

我明白他的心情，他不願意讓我獨自去面對危險，但是，我真的不能讓他留下，只能利用他的弱點來逼迫他。我輕聲央求：「如果讓他們看見你，我才會真的變得危險！人類的貪婪會驅使他們變得瘋狂……」

吳居藍突然低下頭，在我的唇上吻了一下，我一下子懵了，呆呆地看著他。

他盯著我的眼睛說：「對我而言，最重要的是妳的性命，不管他們要求什麼，妳都配合。只要妳好好活著，別的都無所謂，包括我的祕密和我。」

他在說什麼？是說我可以出賣他嗎？我瞪著他，「你讓我出賣你？」

吳居藍說：「不是出賣，是交換！必要時，妳可以用我來交換妳的安全，我可以確保自己全身而退。」

他在說什麼？我鬱悶地說：「用你來交換我的安全？那不就是出賣你嗎？」

吳居藍不耐煩和我糾纏字眼了，斬釘截鐵地說：「只要妳能夠安全，不管是用我做交換，還是出賣我，都無所謂！」

正在此時，一道刺眼的光打在了我們身上。

我不得不先放棄了「出賣他」的問題，瞇著眼睛看向兩艘衝鋒艇。衝鋒艇上站著一群荷槍實彈的大漢，兩排黑壓壓的槍口對著我和吳居藍。即使以吳居藍的非人體質，若被這麼兩排槍掃中，只怕也活不下去了。

除了大學裡的軍訓課打靶，我這輩子再沒有見過真槍，總覺得有一種荒謬的不真實感。但是，美國是私人擁有槍械合法的國家，一個普通的家庭主婦都可以在手提袋裡裝一把合法的槍，何況來的這群人明顯不是普通人呢？

「沈螺，腿腳嚇得發軟的感覺如何？」

聞聲看去，我才發現周不言和周不聞站在衝鋒艇的正中間，我一下子鬆了一口氣。即使面對著兩排能瞬間把我打成篩子的槍口，可因為知道了不是衝著吳居藍來的，而是衝著我來的，我竟然覺得輕鬆和欣喜，完全沒有周不言想像中被嚇得腿軟的感覺。

不過，識時務者為俊傑，這個時候我可犯不著激怒她。我可憐兮兮地看著周不言，「你們……想幹什麼？殺人可是犯法的！」

周不言嘻嘻一笑，「聽說妳喜歡看電視劇，肯定看過CSI[14]這些美劇吧！應該知道那句著名的No body, No case，沒有屍體，就沒有案件。這麼遼闊的大海，想讓你們屍骨無存不費吹灰之力，等太陽升起時，不會有人知道發生過什麼。」

14 CSI犯罪現場，美國影集，內容是描述刑事鑑識科學家調查謀殺案件的過程。

我猜不透周不言到底是想嚇唬我，還是不在乎殺人。我試探地問：「你們到底想要什麼？」

周不言皮笑肉不笑地說：「想知道我們要什麼，麻煩妳到我們的船上來。」

我看了眼吳居藍，遲疑著沒有動。如果我動了，他還站立不動，肯定會引人懷疑，可是現在吳居藍根本寸步難行。

「砰」一聲，一發子彈打在了吳居藍的面前，氣墊船破了個洞，開始漏氣。

我被嚇得臉色煞白，緊緊地抓著吳居藍的手。

周不言嬌笑著說：「你們最好配合點，否則下一次說不定就打在吳居藍身上了。」

我忙說：「我馬上就過來！正好，我也想知道你們究竟為什麼一直追著我不放，說實話，連我自己都想不通我有什麼值得你們這麼大動干戈的。」我一邊說話，一邊用眼神示意吳居藍放心離開，周不言他們對我有所求，我暫時不會有生命危險。

吳居藍緊緊地握著我的手，凝視著我。深邃的雙眸不再像夏夜星空下風平浪靜的大海，而是像暴風雨前的大海，顏色越來越深。我知道他現在的憤怒和無奈，身為一個強者，在我最需要他保護的時候，他卻無法行動，連自保都困難。

我猛地摟住他的脖子，吻住了他的唇，不是蜻蜓點水式的輕吻，而是法式深吻。他沒有防備，輕易地被我的舌頭撬開了雙唇，舔舐過他冰涼的唇齒，只覺得像劃過鋒利的刀刃，舌頭立即破了，血腥味充斥在口腔間。

這個大傻瓜，連內部器官都已經變得不像人了，竟然還在為了我苦苦支撐。

我沒有絲毫懼怕，反而想加深這個滿是血腥味的吻，吳居藍用力地推開了我。

我笑看著他，用口形對他無聲地說：「我等你來繼續這個吻！」一邊說話，一邊借著他推開我的力，也用力地把他往後一推。

他完全沒有想到我會突然從用力的摟抱變成了用力的外推，他不想我掉進海裡，只能自己立即收力，偏偏雙腿已經僵硬無力，整個人重心不穩，直挺挺地翻向海裡。

隨著他翻下海的動作，槍聲響起。砰砰的聲音，將平靜的黑夜撕裂成無數晃動的碎塊，我看不清楚吳居藍究竟有沒有被射中，只看到他被風吹起的白色襯衫像是一隻白色的蝴蝶，掠過夜色，墜入了黑暗的大海。

槍聲依舊響個不停，周不言臉色難看，猛地叫了一聲：「夠了！」

我含著淚，憤怒地瞪著周不言，此時此刻我什麼都做不了，只能在心裡一遍遍祈求：沒有射中、沒有射中……

周不言生氣地對周圍的人說：「你們還愣著幹什麼？趕緊把人帶過來！」

兩個壯實的大漢像拎小雞一樣把我拎到了衝鋒艇上。

周不言「啪」一巴掌搧到了我臉上，「妳再瞪我！是你們先企圖逃跑，我們才開槍的！白痴，人掉進這麼冷的海裡，就算我們不開槍，他也會被活活凍死！」

周不言下令衝鋒艇繞著遊艇一圈圈行駛，明亮的探照燈將海面照得一清二楚，一直沒有人浮出海面。

周不言的臉色越發難看了。

周不聞帶著兩個人搜查了一遍我們的遊艇。

一個大漢站在遊艇上，對周不言說：「小姊，船艙裡還有兩個人，都喝醉了，沉睡不醒。」

周不言身旁一個膚色黝黑、長得像東南亞人的精瘦男子惡狠狠地說了一句什麼，周不言似乎被嚇了一跳，一時間沒有吭聲。

我隱約猜到他們的意思，祈求地看向遊艇上的周不聞。

周不聞沒理我，從遊艇跳到衝鋒艇上，漫不經心地對周不言說：「船艙裡的人是江易盛和巫靚靚。江易盛無足輕重，可巫靚靚是Violet的孫女。對能幹的下屬而言，死了老闆說不定是好事，但死了孫女，沒有人會善罷甘休。」

周不言點點頭，對身旁的男人凶巴巴地說了兩句話，那個男人不敢再吭聲。

我放下了懸起的心。

周不言下令說：「開船！」

馬達轟鳴聲中，衝鋒艇帶著我向黑漆漆的大海深處行駛去。

半個多小時後，衝鋒艇靠近了一艘大船。

周不言率先帶著人上了船，一邊往前走，一邊說：「不聞，你帶著沈螺去見爺爺吧！我回房間換件衣服洗個澡，晚點再過去陪爺爺。」

周不聞說：「好！」

我被押到了船上，起先說話的那個精瘦的東南亞裔男人過來，搜我的身。從我的口袋裡陸陸續續搜出紙巾、唇膏、護手霜和幾枚糖果，他看都沒看，直接扔進了海裡。我努力地收緊小腹，不想他發現我藏在衣服裡的手機。

他檢查完外面，不滿地皺了皺眉，命令我解開大衣。

我一邊不得不解開了大衣，一邊心裡緊張地想：怎麼辦？怎麼辦？要被發現了……

已經走到船艙裡面的周不聞等得不耐煩了，回頭問：「好了嗎？」

男人說：「沒有手機。」

我譏嘲地說：「在遊艇上！你們突然就把我抓了過來，難道我還有時間去帶手機？沒看連錢包也留在了遊艇上嗎？」

男人看了一眼不耐煩的周不聞，接受了我的說法。他掀開我的大衣，檢查了一下有沒有暗袋，又掃了一眼我絕不可能有衣袋的套頭羊絨衫，讓開一步，表示放行。

周不聞帶著我，沉默地向前走著。

直到走到一個房間外面，他停住了腳步，輕聲說：「我爺爺想見妳，為了妳自己好，說話態度好一點。」

他敲了敲門，有人說：「進來！」

我們走進了一個布置奢華的大房間。落地大窗前，一個白髮蒼蒼的老人坐在沙發上，正在品嘗紅茶。他穿著三件式的西裝，頭髮梳得一絲不亂，一副馬上就要去參加盛宴的樣子，可凹陷的臉頰、渾濁的雙眼、泛白的嘴唇，讓我感受到了死亡的氣息。

「爺爺，我們來了。」周不聞說完，恭敬地站到了一旁。

「不言呢？」

「她說先回房間洗個澡，換件衣服。」

周老頭嗤笑，「女大外向，她是想讓你一人獨領這份功勞。」

周不聞低著頭說：「我明白。」

周老頭盯了一眼周不聞，瞇眼看向我，和藹地說：「妳就是沈螺吧？不聞可是經常提起妳，我早就想請妳過來見一面，但不聞總是堅持要用溫和的方法，不想驚動妳，沒想到最終我們還是要按照我的方式來見面。」

我看到房間裡有單獨的廁所，突然計上心頭，做出尿急的樣子，問：「能借用一下廁所嗎？」

周老頭好笑地問：「他們連廁所都不讓妳用嗎？」

我不悅地說：「之前在汽艇上，周圍都是拿著槍的男人，沒被打死就不錯了，我還敢提要求上廁所？後來一上船，就被押到這裡來了。」

周老頭笑指了下廁所，紳士地說：「請自便。」

我立即走向廁所，進去後先反鎖了門，抬頭看四周，這是周老頭自己的廁所，應該不可能安裝監視器。

我一邊真的用馬桶，一邊急急忙忙掏出手機，檢查聲音，果然不是靜音，幸虧一路上沒有人打電話給我。

我趕緊把手機調成了靜音，然後發簡訊給吳居藍，沒有時間打字，只發了一個：「五？」

我坐在馬桶上，手上合掌，把手機夾在手掌中間，默默地祈求著：回我！回我！回我……

手機輕顫，回覆到了。雖然還沒看到他寫了什麼，但知道了他還活著，一直被挑在刀尖的心終於回到原處。我激動地差點哭了出來，含著淚花，吻了下中指上的藍色鑽石戒指。

我怕外面的人起疑，不敢多待，站起身，一邊沖馬桶，一邊看簡訊。

吳居藍的簡訊也很簡短：船外平安。

我一下子覺得心安了，他就在船外的海裡，縱然這是龍潭虎穴，只要知道我不是孤單一人，我就什麼都不怕了。我發了一則簡訊：平安，有人再聯。

我打開了水龍頭，任由水流著，先迅速地把三條簡訊刪除，以防萬一被他們發現了手機，暴露了吳居藍。

我依舊把手機貼身藏在毛衣裡面，緊貼著肚皮。照了下鏡子，確認外面看不出來後，我快速地洗了個手，打開了廁所的門。

我走到周老頭面前說：「能給我一杯水嗎？」

周老頭這次沒有立即答應我的要求，而是微笑著說：「妳不好奇我們究竟想要什麼嗎？」

「好奇！」確認了吳居藍平安無事後，我變得很鎮定，既然已經見到了幕後的大BOSS，不妨就好好地探探來龍去脈。

周老頭說：「妳認為我們想要什麼呢？說對了，我就允許妳坐下和我喝杯茶。」

「剛開始，我以為你們是圖財，想要那兩塊石頭，後來發現你們根本不在乎幾百萬人民幣。準確地說，就算是幾百萬美金，你們也不在乎。」今天晚上那陣仗不是一般家世的人能搞出來的，周老頭一定比我想像的更加有錢有勢。

周老頭笑了笑，自負地說：「周家不敢說大富大貴，但絕對沒有缺過錢。」

我說：「我弟弟說你們花了一百二十萬買走了沈家的銅鏡，可我覺得，那面銅鏡並不是你們的最終目的。如果你們只是想要銅鏡，以周不聞和我的關係，老早就打聽到那面銅鏡到了我繼母的手裡，不可能等到現在才去找我繼母買。」

周老頭笑著點頭，對周不聞說：「是個聰明的女孩，不言比不上她。」

周不聞說：「我喜歡的就是不言的簡單直接。」

我沒理會他們的話家常，繼續說：「我的推測是，你們並不確切地知道自己究竟在找什麼，唯一能肯定的就是和沈家老宅有關。你們是因為在沈家老宅裡一直沒有發現，才寄望於那面被我繼母拿走的銅鏡，畢竟那也是老宅的舊物。」

周老頭鼓了兩下掌，表示我全部推測都對了，「請坐。」

我沒客氣地坐到周老頭的對面，周老頭拿起桌上精美的茶壺倒了一杯茶給我。

我一口氣喝了大半杯，解了渴後說：「大吉嶺茶，你是下南洋的華人後裔？」

周老頭端起鑲金邊的白瓷杯，喝了一口說：「小女孩，怎麼不猜我是第一代的過番客[15]呢？」

「鄉音易改、舊習難棄，如果你是第一代下南洋的華人，就算喝紅茶，也肯定是紫砂壺的功夫茶，不會用英式的茶具，更不會喝這種道地的印度紅茶。」

「鄉音易改、舊習難棄！」周老頭頗有感觸地嘆了口氣，「我爺爺的確是喝了一輩子的功夫茶，連帶著我爸爸也深受他的影響，茶具一定要用紫砂壺。」

原來是下南洋的過番客，難怪行事膽大心狠。爺爺曾說過，當年過番的人，都是從死路裡尋一條生路，但凡在海外能闖下一片基業的都不是泛泛之輩。

我問：「那面銅鏡應該又讓你們失望了吧？」如果銅鏡裡就有他們找的東西，我就不會被帶到這裡來了。

周老頭說：「這次妳可猜錯了！」

猜錯了？我意外地愣住了。

周老頭把兩張放在他手邊的照片遞給我，「照片上的東西就是在老銅鏡裡面發現的。」

照片上是一張薄薄的似絹非絹、似革非革的白色東西，上面畫著一幅地圖，我看了一會兒，看不出所以然，疑惑地看向周老頭，「這是什麼？藏寶圖？」

周老頭呵呵地笑了起來，他清了清嗓子，剛要說話，周不聞說：「爺爺，我出去看看不言。」

周老頭目光犀利地盯了周不聞一下，說：「你留下吧！我相信你也很好奇我到底讓你和不言在沈家找什麼！不過，記住了，下面的話你聽到耳裡，記到心裡，絕對不能再從口出！」

周不聞說：「是！」

周老頭定了定神，問我：「妳相信這世間有起死回生藥嗎？」

15 十九世紀初期，從中國南方沿岸城市出外到南洋、海外謀生稱為「過番」，而這群移民則稱「過番客」。

我懷疑自己幻聽了，「你說什麼？」

周老頭又問了一遍，「妳相信這世間有起死回生藥嗎？」

他竟然是認真的！我用看瘋子的目光看著周老頭，乾脆地說：「不相信！」

雖然我親眼見過了童話故事中的人魚，甚至相信有外星生命的存在，但是起死回生藥……完完全全不相信！

個體的生命怎麼可能長存？我相信在浩瀚宇宙中，包括我們的地球，有生命漫長的生物，壽命以千年、甚至萬年計，但是，一切生命的終點都是死亡，不外乎是時間長短的差異。

比如，朝生暮死的浮游生物、春生秋死的昆蟲，相較於牠們，我們人類數十年的生命簡直像長生不死；可烏龜能活數百年、玳瑁海龜能活上千年，在人類眼裡，牠們才算得上長壽。

可是，不管是低級物種，還是高級物種；不管是壽命長、還是壽命短，只要有生，就肯定會有死。這是宇宙不變的定律，因為連孕育生命的星體，甚至整個宇宙，都會湮滅。

周老頭說：「這世間任何一個人都可以不相信起死回生，唯獨妳應該相信！」

「我？」

周老頭神祕地笑了笑，話題一轉，問我：「知道秦始皇尋找長生不老藥的故事嗎？」

話題還真是越來越詭異了，我說：「知道！」

周老頭說：「秦始皇派徐福帶隊出海去尋找長生不老藥，後人多認為秦始皇是被徐福騙了，可騙子騙人通常是為了獲得利益，以當時的航海技術，徐福離開富饒的內陸，去危險的海上無疑於尋死，世間有這樣自尋死路的騙子嗎？我倒更傾向於認定徐福堅信海上有長生不老藥，他不惜冒著生命危險去追尋自己的信念。妳有沒有想過為什麼秦始皇和徐福都認定長生不老藥在海上？海裡到底有什麼東西讓古人對於海上有長生不老藥確認不疑？」

我剛開始還聽得漫不經心，可他越往下說，我越心驚，如果徐福見過吳居藍的族人，把對方的壽命漫長、容顏永駐理解為長生不老，不就是會幻想對方有長生不老的辦法嗎？

周老頭問：「妳相信鮫人的存在嗎？」

我霎時間心裡驚濤駭浪，卻一點異樣不敢流露，盡力裝出不感興趣、百無聊賴的樣子，「起死回生藥，長生不老藥，鮫人，你不會接下來要和我談五度空間[16]和外星人吧？」

周老頭沒理會我的譏嘲，自顧自地說：「中國有鮫人的傳說，『南海之外，有鮫人，水居如魚，不廢織績，其眼泣，則能出珠』[17]。西方有人魚的傳說，歐洲一直流傳著人類女子Agnete和人魚相戀的故事，安徒生還根據這個民間傳說寫了一部詩劇《Agnete and The Merman》，這個妳大概不知道，但肯定知道他的另一個故事《The Little Mermaid》……」

我裝作不耐煩，打了個哈欠，「你抓了我來就是想說服我海裡有人魚存在嗎？」

周老頭露出如鄰家爺爺一般的慈祥微笑，我卻不自禁地打了個寒顫。

周老頭說：「我爺爺告訴我曾有一個漁夫親口告訴他見到了魚神，說魚神上半身是人身，下半身是魚尾，這不就是傳說中的人魚，或者說鮫人嗎？」

16傳統三度空間加上時間結合成四度空間，而五度空間指的是在此時此空間的同時還存在一個不同時間段的另一度空間。

17引自東晉．干寶《搜神記》中之記載，南海鮫人，神話中人身魚尾的生物。

周老頭盯著我說：「那個親眼見過魚神的漁夫就是妳爺爺的爺爺，我記得他的外號叫沈魚仔，爺爺說因為他水性好得就像一條魚，人又瘦小，他們就都叫他魚仔，本名反倒沒有人叫了。」

我再也裝不出不在乎的樣子，目瞪口呆地看著周老頭。因為高祖爺爺的水性實在神乎其技，雖然事隔百年，漁民裡仍有關於他的零星傳說，所以我一直都知道高祖爺爺外號魚仔，有不少老漁民都說他是魚神的兒子。

周老頭露出緬懷的神情，「當年我們家在沙勞越[18]，我是爺爺最小的孫子，父親為了盡孝，讓我去陪伴腿腳不便的爺爺。爺爺快去世前，總給我講這個沈魚仔的故事，我以為是他瞎編的故事，從來沒有當過真，等後來發現有可能是真的時，爺爺早已死了幾十年，很多事都無從求證。」

事關我的祖先，我忍不住問：「你爺爺到底講了些什麼？」

周老頭說：「如果不是事關妳我，其實就是一個最尋常的民間傳說，所以我一直沒有當真。在一個美麗的海島上，有一個叫沈魚仔的貧苦少年，他經常受人欺負，卻勤勞又善良，水性在一群年輕人中最好，所以被叫做魚仔。一天，他冒著暴風雨出海打魚時，撈到了受傷的魚神，他不惜代價救了魚神，魚神為了報答他，傳授了他祕術。從此沈魚仔變得更加善於泅水，能採到別人採不到的珍珠，捉到別人捉不到的魚。後來，他買了漁船，蓋了大屋，娶了媳婦，幸福地生活著。」

的確如周老頭所說，這事如果不是事關自己，怎麼聽都是一個宣揚善有善報，鼓勵人們多多行善的民間傳說。

周老頭說：「爺爺說沈魚仔有一次喝醉後，告訴他魚神送給他的祕術是起死回生之術，能讓他死而復生，所以他不再怕水了。」

我回過神來，嗤笑地搖搖頭，「我的高祖爺爺死了，曾祖爺爺死了，爺爺也死了，如果有起死回生之術，或者長生不老之術，他們怎麼會死的？」

周老頭皺著眉頭，煩躁地說：「我不知道！但我查到的越多，就越相信爺爺的話。你們家一定有人魚傳授的祕術，我也一定要找到！」

我把他遞給我的兩張照片還給他，譏諷地說：「你找到了，一定要告訴我一聲。」

周老頭說：「我爺爺說他因為錯手打死了人，決定隻身下南洋。臨走前，和他關係最要好的沈魚仔拿了一幅海圖給他看，說是海裡的魚神送給他的。爺爺照樣繪製了一份，之後許多年，爺爺靠著那幅魚神傳授的海圖幾次死裡逃生，最終在南洋站穩了腳跟。」

我心裡腹誹，常年在海上漂蕩，靠著海圖才能站穩腳跟，如果不是做船運，就是做海盜。看周老頭這副模樣，十之八九是做海盜了。

周老頭似乎看透了我所想，帶著點自傲，坦然地說：「爺爺做過很多年海盜，後來金盆洗手，帶著一群兄弟開起了船運公司。那幅被爺爺視作命根子的海圖，我們這些兒孫都見過，但是，沒有一個人相信爺爺的話，都認為是老爺子為了樹立威信、故弄玄虛。」

周老頭舉起那兩張照片，熱切地盯著我，「可我現在親眼看到了爺爺說的那幅海圖，沈魚仔的海圖！研究人員已經發來了研究資料，繪製這幅海圖的材料非常特殊，不是現在知道的任何一種材

---

18 沙勞越（Sarawak）位於婆羅洲西北部，南和加里曼丹交界，北接汶萊及沙巴，是馬來西亞最大的州。境內有豐富的熱帶雨林。

料，我懷疑就是典籍中記載的鮫綃。等地圖送到美國，進行完更細緻的分析，就可以證明我所說的一切了！只要沈魚仔的海圖是真的，那麼他所說的起死回生之術也肯定是真的了！」

一個垂垂老矣的將死之人，卻因為貪婪，雙眼迸發出烈火燃燒般的欲望。我看得心驚肉跳，唯一的念頭就是絕對不能讓他知道吳居藍的真實身分，否則，他會化身為魔鬼，做出難以想像的恐怖舉動。

不知道是不是因為周老頭太過激動，引發了病勢，他突然開始劇烈地咳嗽，咳得好像要把五臟六腑都咳出來。

周不聞立即拿起電話叫人，一個醫生和兩個護士跑了進來。

周不聞想上前幫忙，周老頭暴躁地推開了他，示意他離開。

周不聞恭敬地說：「爺爺，那我先帶沈螺下去了，等爺爺身體好一點了，你們再聊。」

周老頭不耐煩地揮揮手。

周不聞帶著我離開了。

走廊上鋪著厚厚的地毯，把我和周不聞的腳步聲完全地吸去，白慘慘的燈光照著狹窄的通道，讓人有一種沉悶的壓抑感。

我腦子急速地轉動著，必須要想辦法盡快離開，否則萬一他們發現了一直尾隨的吳居藍，或者吳居藍因為擔心我，做出什麼舉動，引起他們的注意，都會變成不可想像的劫難。

我主動開口，打破了沉默，「江易盛的事謝謝你！」

周不聞的腳步慢了一點，「我以為妳會因為吳居藍根死我。」

「吳居藍的事和你無關。」

周不聞掃了眼四周，說：「我搜查你們的遊艇時，悄悄扔了兩個救生圈下去。也許等我們走後，吳居藍會自己爬回遊艇上。」

雖然我知道吳居藍壓根兒不需要，但難得他還有這份心……我沉默著沒有說話。

到了走廊盡頭，周不聞一個轉彎，帶著我走到了甲板上。

冰冷的海風猛地吹了過來，我一個激靈，腦子變得格外清醒。

周不聞走在我身旁，「妳爸爸的事，我很抱歉！我讓他們用金錢和平地解決這事，沒想到會發生車禍。」

「我繼母那個脾氣，怪不得別人，沈楊暉說她竟在車上打架，結果她沒事，我爸爸卻生死難料。」

我們這種家庭複雜的人，除了我們自己，別人都不知道該如何評論。周不聞安慰我說：「聽說是上海最好的醫生，叔叔會平安的。」

我停下了腳步，說：「我爸爸現在生命垂危，如果我們沈家有起死回生藥，我早就給我爸爸用了！我真的完全不知道，甚至聽都沒聽說過什麼起死回生藥！」

周不聞說：「我相信妳！」

我說：「那個瘋老頭明顯就是病入膏肓，因為貪生怕死，偏執地追逐一個虛妄的幻想，難道你要一直跟著他一起發瘋嗎？」

我刻意地用了貶義稱呼去叫周老頭，觀察著周不聞的反應，周不聞卻依舊是那副溫文爾雅的樣子，沒有任何不悅，顯然對周老頭沒有什麼感情。

周不聞說：「我是不相信，但是，爺爺說的話也不是全無道理。妳怎麼解釋妳高祖爺爺非同尋常的水性，還有藏在銅鏡裡的海圖？」

「我高祖爺爺的水性誰都沒有真正見過，也許只是因為他運氣好，又的確水性好，採到了別人沒有採到的珍珠就被人誇大其辭了。至於藏在銅鏡裡的海圖，也許是機緣巧合，高祖爺爺從哪個達官顯貴那裡得來的，不敢說真話，假託魚神賞賜……」

我正在努力地說服周不聞，一個聲音突然打斷了我的話。

「你們在聊什麼？」周不言臉色不悅，帶著一個拿槍的大漢從船艙裡走了過來。

周不聞微微一笑，坦然地說：「在聊剛才爺爺說的一些事。」

周不言臉色稍霽，「聽說爺爺又不舒服了，我們去陪陪他吧！」

周不聞說：「好！」他指了指我，對那個帶著槍的大漢下令：「把她帶去關起來。」

周不言笑咪咪地挽住周不聞的手臂，轉身就走。

我提高了聲音，大聲說：「周小姊！周不聞對我的感情只是青梅竹馬的感情，因為我們倆特殊的家庭，我們也算是患難之交，所以他對我多了幾分關心和照顧，妳不但不應該生氣，還應該高興他這麼做。」

周不言停住了腳步，回過了頭，「妳是什麼意思？」

我第一次如此感謝周不言的高傲作派，她不屑走回來和我對話，正好方便了我繼續大聲地說話：「證明妳選對了男朋友！女人想要什麼樣的男人？不就是對自己有情有義的男人嘛！如果他能那麼輕易就對我和江易盛下狠手，只能說明他不念舊恩、薄情寡義，今日他對我們這些老同學都這麼有情，明日只會對妳更有情，畢竟妳才是那個一直陪伴在他身邊的人。」

周不言明顯被我的話打動，卻刻意地板著臉，對我冷冰冰地說：「我們的事，不用妳管！」說完，她拉著周不聞揚長而去。

周不聞回過頭，狐疑地看了我一眼，卻什麼都沒有說。

如他之前所說，對於能幹的下屬而言，老闆死了，不見得是壞事。尤其是一個貪戀權勢、獨斷專行的老闆，應該沒有下屬會希望他起死回生、長生不老！

押送我的大漢推了我一下，示意我往前走，我一邊走，一邊向著欄杆靠過去。

「妳幹什麼？」他拿著槍，衝著我指了指，警告我老實點。

我笑了笑說：「這是大海，又不是小河，難道我還指望跳下去能游到岸邊嗎？而且你的老闆可是知道我有恐水症，絕不可能自己跳下水！」

我摘下了手上的藍色鑽戒，舉在他眼前，「這個鑽戒，可以讓你一輩子什麼都不用幹了。」

迷離的燈光下，碩大的藍色鑽戒光芒閃耀，對追尋金錢的人散發著致命的誘惑。

他盯著看了一陣子，好不容易收回了目光，惡狠狠地對我說：「少廢話！趕快走！」

「送你了！」我把鑽戒扔給他，他下意識地伸手接住。

我趁機翻上了欄杆，他急急忙忙地舉起槍。

我說：「你的老闆見過這枚鑽戒，知道這枚鑽戒我絕對不可能送人。如果鑽戒在你手裡，你卻說是我送給你後，跳海自殺了，絕不會有人相信！最合理的推測是什麼？當然是你見財起意，為了搶鑽戒把我推下了海！我勸你，最好還是帶著這枚鑽戒趕緊跑，算是我的封口費！」

說完，我閉上了眼睛，一個倒仰，身體筆直地墜向了大海。

Chapter 17

絕對不可能放棄

也許真如他所說，漫長的歲月已經把他鍛造得十分堅強，不會受傷，也不會脆弱，更不用說委屈這種情緒。

可是，我還是為他覺得委屈。

我不知道吳居藍到底在船外的哪裡，也許只是遠遠地跟在船後，但我剛才故意大聲說了那麼多話，以吳居藍的非人聽力，應該能捕捉到我的聲音，也應該會趕到附近。

「撲通」一聲，我落進了冰冷的海裡。

即使閉著眼睛，完全拒絕看到讓我恐懼的水，可依舊能清晰地感受到像死亡一般的黑暗迅速將我包圍。海水像黏稠的濃漿一般堵塞住我的每個毛孔，恐怖的窒息感席捲了我的每根神經，和惡夢中的感覺一模一樣。

剎那間，理智完全潰敗，我本能地掙扎起來，甚至張開嘴想要呼吸，似乎水面就在頭頂上方，只要揚起頭、吸進氧氣，就會擺脫這恐怖的窒息感。

突然，一雙強壯的臂膀將我用力地擁進了懷裡，張開的嘴也被他用唇封住了。

我睜開了眼睛，驚恐地看著他。

他的手緊緊地摟著我的腰，脣緊貼著我的脣，湛藍的雙眸凝視著我，似乎在安慰我：不要怕！不要怕！我在這裡！

此時、此刻，我正在海底，全身上下、從頭到腳都被水包圍著。但是，我正在這世上最溫暖的懷抱裡，氧氣源源不絕地從他的嘴裡渡到我的嘴裡。靜下心去感受，沒有記憶中的可怕窒息感，也沒有記憶中的恐怖死亡，反而，肌膚相貼、脣齒相依，有一種說不出的溫柔旖旎。

我忍不住伸出手，環住了吳居藍的脖子。

他知道我已經平靜下來，一手搭在我的頭頂，一手緊摟住我，突然加速游動了起來。因為速度太快，急速掠過的水流變得有若實質，從裸露的肌膚上劃過時，竟然有切膚的刺痛感。如果不是他的手掌撐在我頭頂，幫我卸去了一部分力，應該會更加疼痛。

「嘩啦」一聲，吳居藍帶著我從海面下升出了海面。

我急急忙忙四處張望，目力所及，已經看不到周不聞他們的船，一輪金黃的圓月下，只有無邊無際的大海在一起一伏。

平安逃離！

我忍不住歡暢地大笑了起來！

吳居藍在我頭上敲了下，「還笑！這麼冷的海水妳也敢跳下來，完全不要命了！」

他臉色不善地盯著我，似乎還要訓斥。我雙手攀著他的肩膀，突然在他的嘴脣上不輕不重地咬了一口。他愣住了，我笑嘻嘻地看著他，有本事你再罵我啊！

你再罵，我就再咬！

看他不敢再吭聲，我得意洋洋地放開他，「別以為你的武力值比我高，我就沒辦法對付你！」

吳居藍盯著我，對我微微一笑。

我毛骨悚然，「大事不妙」的念頭剛剛升起，忽然間，就覺得天旋地轉，似乎整個世界都顛倒了過來，我忍不住「啊」一聲驚叫。

然後，我發現不是世界倒了，而是我倒了下來。我像是躺在草地上一樣，平躺在海面上，而吳居藍正壓在我身體上方。

我喃喃說：「這不科學！」身體微微動了一下，才發現他長長的尾鰭柔軟地打了個結，裹著我的下半身，他的雙手擁著我的上半身，讓我安安穩穩地躺在了海面上。

我忍不住動了動雙腿，又蹬了蹬腳，發現我仍然穩穩地平躺在海面上。我膽子大了起來，動作也變得劇烈了起來。他尾鰭的力量溫柔卻又強大，並沒有給我強硬的束縛感，可不論我如何折騰，他都能捲住我，讓我絕對不會掉到水裡。

我正歡快地動著，突然發現吳居藍的身體變得很僵硬，他正面無表情地盯著我，眼眸深處似有什麼在熊熊燃燒……我後知後覺地意識到捲著我雙腿的尾鰭不是無知無覺的玩具，而是……吳居藍的下半身。

我的下半身，他的下半身，而且是沒有穿衣服的下半身……突然之間，我覺得自己下半身的感覺變得十分敏銳，明明穿著一條牛仔褲，卻好像什麼都沒有穿，每一寸肌膚都能清晰地感受到他尾鰭的觸碰……

我全身僵硬、一動不動，呆呆地看著吳居藍。

吳居藍嘴角輕扯，面無表情，卻聲音沙啞，滿是蠱惑地問：「還有膽子再咬一下嗎？」

我的目光下意識地看向他的嘴唇，皎潔的月光下，猶有水珠的嘴唇像是帶著露珠的玫瑰花瓣，讓人想……我的心「撲通撲通」狂跳，立即移開了目光，刻意地越過他的面孔，看向頭頂的蒼穹。

墨藍的天空中，懸掛著一輪金黃的圓月，猶如宮崎駿的動漫般夢幻完美，可更夢幻完美的還是月光下的那張俊美容顏，似乎整個浩瀚蒼穹都變成了布幕，只為了凸顯出他的容顏。

吳居藍說：「如妳所願，我們繼續來完成那個未完成的吻！」

聲音剛落，他含住了我的唇。

我們已經不是第一次接吻，甚至就在剛才，我還戲弄地吻了他一下。可是，這一刻，當他真正開始吻我時，我才明白，我們這才是第一次接吻。

溫柔靈活的舌，堅硬鋒利的齒，像一條噴著火焰的水龍，既毫不留情地焚燒著我、炙烤著我，卻又柔情滿溢地撫摸著我、安慰著我。在他的強勢和溫柔前，我的靈魂在剎那間被攪了個粉碎，無助地隨著他飛上雲霄，轟然炸開，變成了漫天絢麗的煙花。

★ ☆ ★ ☆ ★

一吻結束，我喘著氣，不好意思地把頭埋到了吳居藍的頸窩裡。

吳居藍沙啞著聲音問：「弄疼妳了嗎？」

我老實地點點頭，「但是……更快樂！連疼痛都是快樂的！」

吳居藍笑了起來，「下次，我會更小心的。」

我貼著他的臉頰，低聲說：「我也會學習如何避開你鋒利的牙齒的。」

吳居藍緊緊地抱著我，一句話都沒有說。

突然，我打了個噴嚏。

吳居藍忙問：「冷嗎？」

我想說「不冷」，可是寒意已經從每一寸肌膚滲透進我的身體裡面，被夜晚的冷風一吹，我開始忍不住打哆嗦，根本沒有辦法撒謊。

我說：「剛才還不覺得冷，這會兒開始覺得有點冷了。」

吳居藍說：「人類的體溫臨界點是攝氏三十三度，一旦體溫低於攝氏三十三度，肌肉就會失去控制，器官就會機能失常，陷入昏迷或痙攣。現在的海水只有攝氏七度，一般人浸泡在這樣的海水中，四十分鐘到一個小時，體溫就會低於攝氏三十三度。」

我苦中作樂地說：「原來《鐵達尼號》的悲劇結尾，科學原理是這個。我小時候看的時候還奇怪，水又沒結冰，人怎麼會凍死呢！」

吳居藍顯然是沒看過這部風靡全球的愛情電影，沒聽懂我的冷幽默。他的手搭在我的頸窩邊，測試著我的心跳，「妳最多再堅持半個小時。」

我開始算時間，衝鋒艇開了半個多小時，我又在周不聞船上待了一個多小時，也就是即使開船也至少需要一個半小時才能開回我們的遊艇所在處。我試探地問：「能游回我們的遊艇嗎？」

吳居藍說：「如果我帶著妳，大概四十分鐘能到達遊艇，但妳的體溫會降得更快，也許十幾分鐘後就會陷入昏迷。」

我開始覺得我跳下海的舉動有點莽撞了，難怪吳居藍只是尾隨著周不聞他們的船，並沒有衝動地想要救我，他很清楚我的肉體是多麼脆弱。

我吶吶地問：「現在我們怎麼辦？」

吳居藍說：「盡量保持妳的體溫，等Violet來。妳被帶走後，我已經打電話通知了她，她會派人開直升飛機來接我們。」

我一下子振作了起來，捶了一下他的肩膀，「你故意嚇我！」

吳居藍直立在水裡，打橫抱起了我。他背向風吹來的方向，替我擋住了冷風，「從現在開始，盡量縮起妳的身體，減少熱量的流失，但必須一直和我說話，保持神智清醒。」

我開始意識到事情的嚴重性，一邊努力地像一個嬰兒一樣縮到他的懷裡，一邊忐忑地問：「Violet是不是沒有那麼快？」

吳居藍凝視著我說：「妳不會有事的。」

他沒有正面回答我的問題，我也沒有再問。

我看著身旁的茫茫大海，笑嘻嘻地問：「這裡沒有街道名、沒有標誌性建築，Violet怎麼找到我們？」

「手機有全球定位功能，只要我選擇開放許可權，Violet自然能鎖定我的經緯度，妳不看說明書的嗎？」

「哦，這樣啊！」美劇裡演過的，只是我一時沒想起來而已。不過，我也真佩服吳居藍，估計除了他，沒有人真的會把手機、電視機、電鍋的說明書從頭看到尾，並且一字不差地記住。

我東拉西扯地問：「不是說運動產生熱量嗎？為什麼你要讓我縮起身子呢？」

吳居藍說：「陸地上，透過運動讓身體散發熱量，衣服這些保暖物品會把熱量留在體表。但在海裡，衣服都是濕的，妳運動產生的熱量沒有辦法留在體表，很快就會被冰冷的海水帶走，反倒會加速消耗妳的體溫，和發燒時用濕毛巾冷敷來降低體溫是一個道理。」

「哦，這樣啊……難怪Jack讓Rose爬到板子上，沒有讓她游泳呢……」

我的身體變得越來越僵硬，雖然腦子裡仍然牢牢地記著吳居藍的話，堅持和他說話，保持神智清醒。可是，不僅肌肉被凍僵了，連思考都好像被凍僵了，不是我不想說話，而是完全想不到要說什麼。

吳居藍用牙齒輕輕地咬了一下我的嘴唇，「小螺，和我說話。」

「嗯，我、我想想……想……」我又閉上了嘴巴。

吳居藍問：「妳為什麼會突然跳下海？我看船上一直挺平靜，本來想等Violet來再行動。」

我一下子清醒了，這麼重要的事我卻一直沒記得告訴他。

我強打起精神說：「周不聞的爺爺在找起死回生藥，他說我的高祖爺爺見過魚神……就是鮫人。他在我家的那面銅鏡裡找到了一幅鮫綃做的海圖，他相信鮫人懂得長生不老，能治好他的病，幫他起死回生。」
吳居藍不悅地說：「這就是妳突然跳下海的原因？」
「嗯！不能讓他們……發現你。」
「我不是說了，用我交換妳的安全是可以的嗎？」
我生氣了，「吳居藍，你這個神經病，你把自己當什麼？你以為什麼都可以拿來做交換的嗎？我可以用金錢或者其他東西去交換我的安全，但我能用自己的心臟去交換我的安全嗎？我把心臟割給了別人，我還能活嗎？」
吳居藍沉默了一下，低下頭，額頭抵著我的額頭，說：「可是，我不是妳的心臟，它不能自己回到妳的胸膛裡，我卻能保證自己回到妳身邊。」
我其實連抬起頭的力氣都沒有了，卻惡狠狠地威脅：「你再說，信不信我咬你！」
他笑了起來，輕輕地在我唇上啄了一下。
我喃喃說：「以後不要再說這樣的話了，有些東西是絕對不可能放棄的！」
他說：「好！」

不知不覺中，我閉上了眼睛，迷糊了過去。
吳居藍重重咬了一下我，逼我睜開眼睛，「再堅持一會，馬上就會有暖和的毯子了。」
我有精神了一點，「Violet……要來了嗎？」
吳居藍沒有回答我的問題，逗引著我和他說話，「妳怎麼把我給妳的戒指送人了？那可是我們的訂婚戒指！」

「戒指……是可以交換的，你再送我一個了，可以更大一點！」

「好，我再送妳一個更大的！妳猜猜那個人有沒有告訴周不聞妳跳海了？」

「沒……沒有。」

「他沒有說，但應該被發現了。」吳居藍笑了笑說：「小螺，我們有客人來了，正好借他們的烈酒和毯子一用。」

我昏昏沉沉，腦子不太管用，根本沒理解他在話裡的意思，就說：「好！」

轟隆隆的馬達轟鳴聲傳來，我以為是Violet來救我們的飛機，精神一振，清醒了幾分，人也變得有了力氣。可是仔細看去，竟然是周不聞他們的船去而復返。

我不明白，以吳居藍的聽力，不可能現在才知道船來了，為什麼不提前離開呢？

當下我就想到了，唯一的原因就是我。

我的體溫已經接近人類體溫的臨界點，肯定堅持不到Violet來了。如果不及時救治，也許會出現器官凍傷。

吳居藍這是打算用敵人的物資來救我了，可是……

刺眼的燈光照亮了黑夜，讓藏匿變得很困難，兩艘衝鋒艇四處巡邏，還有身著全套潛水裝備的人正在待命。

船上的擴音器裡傳來周老頭激動到瘋狂的聲音，「沈螺，我知道了！我知道了！妳的男朋友吳居藍就是！吳居藍就是！哈哈哈……他肯定知道讓我活下來的辦法！」

我心裡一寒，他怎麼會知道？難道是我哪裡露了餡？

吳居藍猜到我所想，低聲說：「和妳沒有關係！我身上的疑點很多，周不聞只是沒有往那個方向想，只要他接受了周老頭的想法，遲早會聯想到我。」

是啊！吳居藍的斫膾影片、民宿上的牌匾、會武術、神祕身分……這些都是周不聞知道的。

周老頭在船上走來走去，興奮地手舞足蹈，完全不像個病入膏肓的病人，「沈螺，吳居藍，你們出來，我們可以好好談一下……你們放心，我絕不會傷害你們！」

我著急地對吳居藍說：「沉下去！趁著他們還沒發現你……沉下去！」

吳居藍沒有動，掃了眼衝鋒艇上的人，淡淡說：「他們手裡拿著的儀器是雷達生命探測儀，可以用於搜救落水的人類，我們的遊艇上也有。我看過說明書，五十尺以內，他們仍舊會發現我們。妳買的手機防水袋，水深超過二十尺，就會因為水壓而失效，手機會立即失去信號。」

看到他們操作著那個儀器搜來搜去，我幾乎要哭出來，無力地拍著他的胸膛，「沒有關係！沒有關係！不管多深都可以！快點沉下去！要不你自己先游走，反正我快要被凍死了，讓他們先救了我，你的速度那麼快，肯定能躲開……」

吳居藍用自己的唇封住了我的嘴，看我不再說話了，他抬起頭，盯著我，神情冰冷地說：「永遠不要再對我說放棄配偶的話，我一生只擇偶一次！」

我愣住了，呆呆地看著吳居藍，眼裡漸漸盈滿了淚花。

突然，我的手機響了，在我胸前不停地振動。

我腦子發愣，不明白為什麼這個時候我的電話會響。

吳居藍說：「沈楊暉的電話，妳爸爸的手術結果應該出來了。」

我看向距離我們越來越近的船和衝鋒艇。

接電話嗎？

就是放棄最後的逃走機會！

不接嗎？

這可是有關爸爸安危的電話！

吳居藍說：「這是妳一直在等的電話，接電話！」

我哆嗦著手，顫顫巍巍地拿起了手機。

「喂？」

「手術很成功，爸爸沒有事了！醫生說應該能完全康復！姊姊，謝謝妳的醫生朋友……」

聽到了爸爸平安的消息，我本來想立即掛斷電話，可是手機中傳來的那聲「姊姊」讓我一下子傻掉了。

沈楊暉似乎也覺得不好意思，急匆匆地說：「我媽叫我了，我掛電話了，不和妳說了！」

但是，他並沒有立即掛斷電話，而是又快速地說：「姊，妳不用趕來上海，反正見到我媽就是吵，搞得大家都不愉快，很沒意思！等明年暑假我和爸爸再去海島看妳，我會想辦法讓我媽留在上海，只有我和爸爸去看妳！到時候妳帶我出海去玩啊！拜拜！」

我呆呆地拿著手機，懷疑自己的聽力已經被凍出問題，出現了幻聽，沈楊暉竟然叫了我姊姊？

幾聲大叫，從衝鋒艇上傳來，「找到了！找到了！」

我回過神來，危機已經迫在眼前，顧不上再思索沈楊暉詭異的「姊姊」了。

「那邊！在那邊！」

他們在儀器上發現了我們的位置，衝鋒艇朝著我們的方向開來。

雷達生命探測儀應該只能鎖定人類生命特徵的我，對吳居藍完全沒有用。如果吳居藍肯放棄我，想要逃走輕而易舉。

但是，既然他不願意，那麼，不管什麼，我們都一起承擔吧！

兩艘衝鋒艇、一艘大船，朝著我們的方向，成三角合圍的陣勢包抄過來。

吳居藍卻沒有一絲緊張，從容不迫地拿起手機，打電話給Violet，「妳不用趕來了，我要先處理一點事情，處理完，再聯絡妳。」

吳居藍掛了電話，對我說：「我要完全變形了，會不能發出人類的聲音。」

我全身打著寒顫，點了點頭。

如同看電影的快鏡頭，我清楚地看到了他的變化。

鱗片像是迅速結冰的冰面，從他的腰部快速地向上蔓延，逐漸覆蓋了整個背部，又繼續向上，覆蓋到肩頭和後頸。鱗片的顏色從喀什米爾藍寶石般的深藍逐漸變淡，直到水晶般的淺藍。然後，鱗片又從肩頭順著兩隻手臂往下蔓延，逐漸覆蓋了整條手臂，顏色從水晶般的淺藍逐漸加深，到手腕時是藍寶石般的深藍。隨著鱗片覆蓋過青筋暴起的手背，手也發生了變化，手指變得細長，指間生出相連的蹼。鱗片的顏色到指尖時已經藍得近乎發黑。

我感覺我依靠的懷抱變得如同鋼鐵般牢靠，他的兩條手臂堅硬如石，似乎無堅不摧。

隨著他身體的變化，他的面容也開始有了變化，眼眶更加深陷、眉骨更高、鼻梁更挺、鼻翼更窄、下頜更突出。眼珠和頭髮本來都只是黑中帶著一點藍，現在卻完全變成了喀什米爾藍寶石般的藍色，和他的尾鰭是一個顏色。

吳居藍看我目不轉睛地盯著他，突然低下頭，把他的臉幾乎貼到了我的臉上。他故意地朝我張開了嘴，一顆顆白森森的利齒，和鯊魚的牙齒一般鋒利，充滿了駭人的力量。

我即使已經被凍得馬上就要失去意識，仍舊忍不住咧開嘴，僵硬地笑了笑。不是因為他鋒利的牙齒長得多麼好笑，而是，他已經不再擔心會嚇到我了，反而開始用自己的鋒利獠牙來故意嚇唬我，只能說明他知道我愛的就是他，不管何種面貌，我都深愛著，所以他可以任意地做自己。

船上的探照燈照向我們所在的這片海域，我們倆被籠罩在一片白慘慘的光芒中。

吳居藍卻沒有任何反應，依舊低著頭，溫柔地凝視著我，似乎說著：沒有關係，如果實在堅持不了，就睡吧！

我精疲力竭，眼皮重得怎麼撐都撐不開，卻知道這絕不是睡覺的時候，依舊苦苦地支撐著。

吳居藍輕輕地吻了下我的眼睛，似乎給了我一個許諾：不要擔心，一切都會解決！

我終於安心地閉上了眼睛。

朦朦朧朧中，我聽到了如同天籟一般的歌聲響起。

發音奇怪，沒有歌詞，只是意義難辨的吟唱，甚至根本分辨不出歌聲來自哪裡。

墨藍的蒼穹之上，一輪金黃圓月照耀著無邊無際的大海，波光粼粼的海水隨著海風輕輕蕩漾。

空靈動聽的歌聲就好像從那美麗的月亮上隨著皎潔的月光傾瀉而下，溫柔地落在了人們的身上。從耳朵、從眼睛、從鼻子……從肌膚的每個毛孔鑽進了心臟深處，直接和靈魂共鳴。

在每個人的記憶海洋深處，都有一座收藏著時光、卻被時光遺棄的孤島。那裡沒有風雨、沒有苦澀，也沒有傷害，只珍藏著所有的快樂和溫暖。

操場上，小朋友們一起追逐喊叫；夕陽下，媽媽遞過來的一朵蒲公英球；週末的早上，爸爸開著車帶一家人出門；林蔭道上，和暗戀的人迎面而過時，她的一個微笑……

靈魂走得太久、走得太遠，一直忘了回頭，現在終於可以擦去一層層的灰塵，撥開一道道的迷障，再次去問候那個被掩埋、被遺忘的自己。

時光之海在輕輕地蕩漾，歡樂猶如海面上的粼粼月光般閃耀著迷人的光芒。

就在這個珍藏著時光、卻被時光遺忘的孤島上，和過去的自己好好休息一會兒吧！

灼燙刺激的液體從咽喉落入五臟六腑，我漸漸有了幾分微弱的意識。

迷迷濛濛中，不管是身體，還是靈魂，都十分疲憊無力。那種好像自己變成了一塊岩石的沉重感，讓我不願思考，也不願動，似乎連動一下小指頭都困難，只想沉沉地睡過去。

雖然身體的每寸肌膚、每個毛細孔都渴望著沉睡，但是，靈魂卻掙扎著不願睡去。潛意識深處總覺得有一件很重要的事，非常重要的事，比我的生命更重要的事……

吳居藍！

我猛地睜開了眼睛，看到吳居藍趴在地上，一手托著我的頭，一手拿著一瓶烈酒，正在對我灌酒。

看到他平平安安就在我眼前，我如釋重負，鬆了口氣。

吳居藍應該完全沒有想到我會醒來，他愣了一下後，似乎明白了我反常醒來的原因。他的眸色突然加深，一邊凝視著我，一邊繼續餵我喝酒。

我配合地喝了幾口，他看著差不多了，放下了酒瓶。

酒精起了作用，我感覺身體從內到外都漸漸暖和起來，應該已經平安度過會被凍傷的危險。

我想坐起來，卻發現脖子以下，完全動不了，身上裹了一層又一層毯子，被裹得像是博物館裡的木乃伊一般。這個倒不重要，重要的是——我全身光溜溜，一絲不掛。

我完全能理解這麼做的必要，又濕又冷的衣服穿在身上肯定不行，想要迅速恢復體溫、避免凍傷，當然要盡快把濕衣服全部脫掉，把身體擦乾、溫暖四肢。可是，想到有可能是吳居藍脫光了我的衣服，我就覺得全身的血液都要沸騰了。

我縮在毯子裡，懷著一絲僥倖問：「是Violet幫我脫的衣服？」

吳居藍搖搖頭。

我臉漲得通紅，「是……你？」

吳居藍點了點頭。

我和他都有點不敢看彼此，匆匆地移開了視線。

突然，我發現我們所在的房間有點熟悉，竟然、竟然……是周老頭的房間！因為我平躺在地上，視線的角度和上一次進來時站立的角度很不一樣，所以沒能立即認出來。

我再也顧不上害羞了，驚恐地問：「我們被捉住了？」

吳居藍搖搖頭。

我突然意識到了什麼，急促地問：「你怎麼不說話？現在是什麼時間？」

吳居藍沒有回答我。

我也不需要他的回答，因為我猛地抽出一隻手，掀開了遮住我視線的毯子，清楚地看到他的下半身仍舊是一條深藍色的魚尾。

魚尾的色澤不再是如同喀什米爾藍寶石般的晶瑩剔透，而是如同太陽下被曬得皺巴巴的藍色舊綢緞。他的胸口、下腹，還有手上都是傷痕，長長的魚尾更是不知道被什麼東西刮擦過，幾乎遍體鱗傷，不少鱗片下都滲出了血跡。

我掙扎著要坐起來，氣急敗壞地說：「你還沒有變回人身，怎麼就敢上岸呢？你什麼時候見過海豚和鯨魚跑到陸地上來啊?」

吳居藍沒有吭聲,一手撐著地,一手扶著我,艱難地坐了起來。

他的魚尾在水裡那麼優雅美麗、行動敏捷,現在卻顯得笨重碩大、舉步維艱,甚至連一個扶我坐起來的簡單動作,都讓他費盡了全身力氣,好不容易才保持住了平衡。

我掃了一眼四周,發現面朝甲板的那扇落地窗戶被打碎了,地上一片狼籍,可以判斷出吳居藍是從那裡進到房間裡來的。可是,我難以想像他如何只憑藉兩隻手,帶著我上了船,又如何打破了玻璃窗,拖著一條長長的魚尾,把我帶進了屋子裡。

他沒有腿,只能靠著兩隻手,在地上爬行,幫我找到保暖的毯子,幫我拿到烈酒。

我的眼淚在眼眶裡滾來滾去。

吳居藍指指自己的魚尾,朝我搖頭,我明白他的意思,他是說:傷口已經開始癒合了,這點小傷對他而言沒什麼,不要擔心!

我俯下身去看他的魚尾。

為了替我取暖,房間裡的空調開到了最大,溫暖乾燥的熱風呼呼地吹著,對我自然是好的,可是對一個本來就需要水、還離開了水的人魚來說顯然不好。

魚鱗像是曬乾的松果,變得乾枯翹起,很是難看。還有好幾個地方,應該是在地上爬行時,在哪裡刮擦到的,鱗片全部掉了,露出裡面被擦傷的嫩肉,看上去有點可怕。

我的手從他受傷的地方撫過時,想到拔去魚鱗的痛苦對他而言,大概就像剝下我們人類皮膚的痛苦，我的眼淚如同斷線的珍珠般簌簌滾落，滴在了他的魚尾上。

吳居藍把我扶了起來，他為了轉移我的注意力，笑著指指裹在我身上的毯子，示意我的毯子就要滑到胸口下了。我沒有管毯子，反而伸出雙手，猛地抱住了他。吳居藍急急忙忙幫我按住下滑的毯子。

他是魚尾，我是被毯子裹著的人，兩個人都行動不便，摟在一起摔在了地上。

我的眼淚依舊落個不停，吳居藍安撫地一下下吻著我，用嘴將我臉頰上的淚珠一顆顆拭去。

也許真如他所說，漫長的歲月已經把他鍛造得十分堅強，不會受傷，也不會脆弱，更不用說委屈這種情緒。可是，我還是為他覺得委屈。

他是這個世界的強者，明明可以不用這麼委屈自己。但是，因為我，他就是這麼委屈了自己！為了我，上了陸地！為了我，受完全沒必要的傷！為了我，變得行動笨拙！

我嗚嗚咽咽地說：「我現在已經沒事了，你趕快回到海裡去！」

吳居藍看了一眼窗外，笑著點了點頭。

我撐著地，想要起來，抽抽噎噎地說：「我幫你。」

他搖搖頭，指了指我，做了個費力的樣子，表示我很重。現在回去，沒我拖累，反而輕鬆。

我被他弄得哭笑不得，「我的體重剛剛好，才不胖呢！」

吳居藍示意我把頭轉過去，不要看他。

我知道，他是怕我看到他拖著長長的魚尾，笨拙艱難地爬過地板時覺得難受吧！驕傲的他不願這樣難堪的畫面被我親眼看到！

我衝著他笑了笑，聽話地轉過了身子，背對著他。

聽到身後傳來的沉重摩擦聲，我忍不住又開始流眼淚，卻不願讓他知道。我努力地屏住氣息，讓眼淚安靜地流下。

過了一會兒後，「撲通」一聲的落水聲傳來。

我立即回頭，看到他已經不在了。

不過，我知道他就在船外，依舊陪伴著我。

我有所依仗，膽子很大，裹著毯子站了起來。我跑出周老頭的房間，去別的房間找衣服穿。

我快速地推開幾個房間的門後，應該是找到了周不言的房間，衣櫃裡塞著滿滿的名牌衣服。

我們倆胖瘦差不多，但身高不一樣，她的衣服對我來說都有點小，不過，有得穿總比沒得穿好。我挑了件寬鬆的毛衣和長裙套到身上，談不上好看，但足夠保暖。

我把薄毯子當大披肩裹到身上，迫不及待地走到了船艙外。

☆ ☆ ☆ ☆ ☆

清涼的海風中，東方已經破曉，太陽快要升起來了。

我忍不住深深地吸了一口氣，漫長的一夜終於要結束了！

突然，我的身體僵住了，目瞪口呆地看著前方——

不管是大船上，還是兩艘衝鋒艇上，就好像突然之間時間被凍結，所有人都以一種古怪的姿態陷入了沉睡狀態。

周老頭趴掛在船欄上，神情興奮喜悅；周不聞和周不言抱著彼此，正在甜蜜地微笑；衝鋒艇上的大漢有的蹲著、有的站著、有的坐著，每個人的姿勢都不相同，可是表情都相同，都在幸福陶醉地笑著。

四周的人很多，卻鴉雀無聲，場面十分詭異，但我很清楚這是吳居藍弄出來的，所以沒有驚嚇，只是覺得很神奇。

應該是昨天晚上我朦朦朧朧中聽到的歌聲吧！讓人沉睡在自己最美的記憶中，不願意醒過來。

我好奇地盯著甲板上的一個船員，猶豫著要不要戳一戳他，看看他究竟會不會一下子醒來。身後傳來吳居藍的聲音，「妳就算推倒他，他也不會醒來。」

我驚喜地回頭。

吳居藍站在初升的朝陽下，對我微微而笑，「歐洲的民間傳說中，人魚的歌聲有魔法，可以魅惑人類的靈魂。如果用現代科學來解釋的話，也許算是一種高級催眠術吧！」

不過分開了短短一會兒，卻像是久別重逢，我有點鼻酸眼熱，一下子撲進了他懷裡。

吳居藍擁著我說：「太陽升起，人魚的魔法就會消失。」

他的話音剛落，隨著明亮的陽光照射到一個個人身上，我聽到了此起彼伏的聲音，陷入沉睡的人們陸陸續續地醒了過來。

他們的意識依舊停留在要抓我和吳居藍的思考中，喊著：「人呢？他們在哪裡？」

「啊——在甲板上！」

「抓住他們！」

周不聞和周不言也醒了過來，他們看看四周，再看看我們，表情是驚訝困惑。

周老頭卻因為貪婪和瘋狂，完全忽略了一切，看到我和吳居藍，興奮地叫起來：「抓住他們！抓住他們……」

吳居藍乖乖地舉起了雙手，表示完全配合他們。

我看了眼吳居藍，不知道他在玩什麼花招，不過我確信這些人肯定要倒楣了……我乖乖地也舉起了雙手。

當我們剛被押進船艙，外面突然傳來轟隆隆的聲音，我透過玻璃窗，看到了直升機，美國海岸巡邏隊的船。巫靚靚、江易盛，還有Violet都站在船上。

荷槍實彈的軍人站在船頭，大聲用英語喊：「我們接到報案，你們的船劫持了美國公民，現在請你們放下武器，配合檢查！重複，放下武器，配合檢查……」

我疑惑地去看吳居藍。

吳居藍說：「我本來想殺了他們，但妳要在人類社會生活，我不想妳因為我的行為產生心理陰影，那就很不值得了，還是用人類的規則來解決這事。」

難怪Violet一直沒有出現，我還覺得納悶，她再怎麼慢也應該要到了啊！原來是吳居藍改變了計畫，讓她去報警，然後抓準時間趕到。

吳居藍對我笑了笑，我正納悶，他怎麼突然莫名其妙笑得這麼溫柔，然後我眼前一黑，就暈了過去。

☆ ☆ ☆

等我再醒來時，我已經在回紐約的直升機上了，吳居藍卻不在飛機上。

巫靚靚說吳居藍做為受害者要向警察陳述事情經過、配合警察的調查，所以他和Violet都隨警察走了，讓巫靚靚、江易盛和我先回來。

我鬱悶地問：「吳居藍為什麼要把我打昏？」

巫靚靚驚訝地說：「不是那些劫匪打的嗎？老闆是這麼跟警察說的！」

劫匪打的？明明是他把我打暈的，好不好？我滿臉困惑地揉了揉自己的後脖子，也不知道他是怎麼敲的，我倒是沒覺得疼。可是，為什麼要把我敲暈呢？

巫靚靚想了想，笑了起來，「老闆真是體貼又腹黑[19]啊！」

江易盛安慰我說：「吳大哥是為了妳好，那個場面還是不看最好！連我這個看習慣屍體的人都有點受不了。」

我問：「怎麼了？」

巫靚靚言簡意賅地把我昏倒後的事情講述了一遍。

周老頭人到暮年，卻仍舊保持著海盜的凶悍，絲毫不害怕政府的軍隊，還企圖反抗。但是，他手下的人沒有他的貪婪，也沒有他的狠辣，在官方軍隊的壓倒性火力面前，周老頭僱傭來的打手們很快就投降了。

企圖反抗的人都被當場擊斃，包括周老頭的心腹和周老頭。

我和吳居藍做為受害人被成功解救。

周不聞和周不言被抓了起來。

巫靚靚告訴我會以綁架脅迫和謀殺未遂的罪名起訴他們，具體會判多少年，還要看官司究竟怎麼打，但坐牢肯定免不了。

聽到周不聞要坐牢，我心裡很難受。

江易盛冷冷地說：「妳知道周不聞他們怎麼找到我們的嗎？周不聞在我的手機上安裝了跟蹤程式！幸虧妳和吳大哥平安無事，否則我、我……該怎麼辦？每個人的路都是自己選的，周不聞的路也是他自己選的！」

我小聲說：「周不聞還是手下留情了。」

江易盛說：「我知道，所以吳大哥也對他手下留情了。但是，不能因為他捅人刀子時，沒有一

19腹黑：網路用語，通常用來指表面善良溫和，內心卻想著邪惡事情或工於心計的人，但也只對特定的人，例如愛人。

刀致死，就覺得他做的事情可以原諒。」

我想了想，沒有再吭聲。

從開始到現在，幾次都差點出人命，不僅是江易盛的爸爸和我爸爸，還有吳居藍。如果不是吳居藍恰好體質特異，上一次在鷹嘴崖，這一次在海裡，他已經死了兩次了。

巫靚靚說：「小螺，妳的心情我能理解，不過，老闆已經看在妳和江易盛的面子上，手下留情了，否則被當場擊斃的就不只是周老頭了。」

我嘆了口氣說：「妳放心！我難受歸難受，但不會去求吳居藍放了周不聞的，一定讓巫女王把這口惡氣給出了！」

巫靚靚拍了拍我的肩膀，嘟囔著說：「我奶奶都快被氣死了，回去還不知道怎麼教訓我呢！」

我們回到公寓時，吳居藍和Violet竟然已經回來了。

巫靚靚驚訝地問：「奶奶，妳怎麼比我們還快？」

Violet說：「我們坐的是軍用飛機，又是警察護送回來的，自然比你們快了一點。」

吳居藍問我：「妳的身體怎麼樣？」

我癟了癟嘴說：「沒事！你呢？」

吳居藍說：「沒什麼問題，一點皮外傷正好幫助警察取證。」

我一愣，他還真是……會就地取材啊！

Violet對我說：「晚一點警察會來一趟，需要妳配合做一下調查。」

「哦，好的。」

我突然想起周老頭最後的話，臉色驟變。

Violet問：「怎麼了？」

我欲言又止，巫靚靚對江易盛說：「我們先回房間吧！」

江易盛立即和巫靚靚離開了。

我擔心地說：「周不聞和周不言應該知道吳居藍是……怎麼辦？」

「原來妳是擔心這個！」Violet神色一鬆，笑了起來，「周不聞是聰明人，知道做案的動機、涉入案件的深淺會影響最終的判決結果，他現在已經把一切都推給了周老頭，聲稱自己和周不言什麼都不知道，只是出於孝心，按照周老頭的命令辦事，絕對沒有想過危及他人生命。放心，他不會亂說話！周不言被他保護得很好，是真的什麼都不知道。」

我說：「可是……」

Violet笑說：「小螺，顛覆他人的信念絕不是一件容易的事！Youtube上每年有上千條影片號稱自己親眼看到了人魚，還有錄影為證，可有誰相信呢？就算是真的也會被當成假的。如果這位周先生說Regulus是人魚，我正好可以請精神科專家鑑定一下他的精神狀況，建議法官讓他們強制服藥和治療。」

我說：「周不聞從我家的鏡子裡拿到了一張地圖，有可能是鮫綃做的。」

Violet不在意地說：「那個東西啊……現在正在我們的實驗室裡。周先生會收到滿意的分析報告的。」

我鬆了口氣，可能存在的唯一證據解決了！

周老頭和周老頭的心腹都不在了，其他人並不知道周老頭抓我們的原因。周不聞是聽了周老頭的猜想，自己做的推斷，估計只是半信半疑。當時，他隨著周老頭追過來時，未嘗不是抱著驗證真假的態度。結果，還沒有等到真的看清楚吳居藍時，就被吳居藍的歌聲催眠了。

等他收到那份地圖的化驗報告時，也許仍然沒有辦法打消他的懷疑，但他只能一輩子都半信半疑了。如Violet所說，就算他說出來Regulus是人魚，誰會相信呢？

我如果不是遇見了吳居藍，突然有個人跑來告訴我某個長著兩條腿、看上去正常得不能再正常的人是人魚，我一定會一邊呵呵乾笑著，一邊悄悄地後退，心裡告訴自己千萬別激怒瘋子，趕緊逃走為妙！

Violet猶豫了一下，問：「Regulus，我們到達時，沒有任何人受傷，您採取的行動應該很溫和，是用人魚的歌聲把他們都催眠了吧？」

吳居藍盯了Violet一眼，淡淡說：「看來妳把長輩們傳授的知識都記住了。」

「謝謝您的誇獎！」Violet僵硬地笑了笑，對我說：「那就更不用擔心了。並不是所有的人魚都能使用聲音做為武器，Regulus是人魚中最強的，又是月圓之夜的歌聲，所有被歌聲催眠了的人關於那一夜的記憶都會越來越混亂的。」

原來是這樣啊！我徹底放心的同時，開始有點好奇Violet怎麼會這麼瞭解人魚，她們家究竟和人魚族是什麼關係？我看了一眼吳居藍，覺得也許應該找個機會問一下他。畢竟從某個角度來說，Violet他們現在相當於是我的婆家人。

Chapter *18*

我清楚自己的心意

不管他是因為什麼才對我好，我愛他卻是不可改變的事實。
我可以不清楚他的心意，但我不可以不清楚自己的心意。

睡了個懶覺，起床後已經九點多。

剛吃完早飯，就接到了沈楊暉的電話，他叫起「姊姊」來已經十分順溜。我沒有詢問他改變的原因，順其自然地接受了他「讓我們以後好好相處吧」的信號。

沈楊暉和我聊了幾句後，說爸爸想和我說話，把手機給了爸爸。

我一邊和爸爸聊著天，一邊走到樓上，在會客室的沙發上坐了下來，正對面是那扇五尺多高的落地大窗。溫暖的陽光從窗戶外照進來，和煦地籠罩在人身上，有一種暖洋洋的舒適感。抬眼望去是湛藍的天、潔白的雲，還有幾隻盤旋飛舞的黑鷹，令人心曠神怡。

爸爸雖然剛做完手術不久，但因為心情好，精神也很好，說話聲音比以前沒受傷的時候還有生氣，也算是因禍得福吧！平時動輒喝斥他的妻子變得溫柔了；正在叛逆期、壓根兒瞧不起他的兒子也對他尊重了許多。

「爸爸，你別擔心，我會照顧自己的，你也好好養病，早點休息……好的！我掛了，拜拜！」

我放下手機，望著外面的藍天白雲，想起了那面從高祖爺爺手裡傳下來的銅鏡。雖然東西沒了，但換來了爸爸一家和睦，爺爺和高祖爺爺肯定不會介意，只會欣慰。

吳居藍提著一個深褐色的木盒從旋轉樓梯那優雅地走了上來。我斜倚在沙發的扶手上，靜靜地欣賞著他的一舉一動。寬肩窄腰，長腿翹臀，完美的人魚線和麒麟臂[20]，一身簡單無華的白色襯衫和黑色牛仔褲，卻被他穿出了時尚的魅惑和性感。

大概我的目光太過赤裸裸，他盯了我一眼，表情越發漠然，一言未發地坐到了我身旁。

我瞅著他，笑咪咪地說：「現在的女人們誇讚一個男人身材好都喜歡說他有人魚線，你知道什麼叫人魚線嗎？」

「不知道！」吳居藍面無表情地把精美的木盒放到了我面前的茶几上。

我懷著調戲面癱男的惡趣味，正想仔細解釋一下何謂人魚線，吳居藍抬眸看著我，淡淡地說：「不過，顧名思義，既然以人魚為標準，我相信，我肯定會讓妳滿意的，畢竟我才是真的人魚。」

我呆愣住了，目光下意識地看向他——微微解開的領口、肌肉勻稱的胸膛、平坦緊緻的小腹、線條流暢的人魚線……

20人魚線的正式學名為「腹內外斜肌」，指的是男性腹部兩側上方的兩條V形線條，因其形似人魚下腹部收縮的魚尾，故稱之為人魚線。達芬奇在《繪畫論》中首次提出「人魚線」做為美與性感的標準。麒麟臂則指男性手臂的肌肉健碩性感，強勁有力。

霎時間，我心跳加速、臉發燙，有一種全身的血液都沖進了腦袋裡的感覺。
吳居藍卻依舊面無表情、一本正經地看著我，似乎等著我跟他解釋何謂人魚線。
我立即移開了目光，再不敢看他一眼，更不要說調戲了。我像往常一樣，開始轉移話題、顧左右而言其他。
我彎過身子，做出十分感興趣的樣子，拍拍茶几上的木盒，「給我的禮物嗎？這麼大，什麼好東西？」
幸好吳居藍沒有再和我糾纏他的人魚線，一聲不吭地幫我打開了木盒，裡面裝的竟然是那面已經被周不聞買走的銅鏡。
我驚訝地問：「你買回來的？」
吳居藍說：「不是。我是有此打算，但還沒來得及採取行動，周家兩兄弟主動送回來的。」
我說：「周不聞和周不言的父親，周老頭的兩個兒子？」
「嗯。他們希望取得我的諒解。」
我想了想，大致明白了周不聞和周不言父親的想法。從周不聞的態度上，能感覺到他繼父對他是真的好。估計兩兄弟本來覺得周老頭活不久了，為了順利得到遺產，就順著老人家去鬧。等老人家死了，一切自然就都結束了，可沒想到最後出了這麼大的事。
「你會原諒嗎？」
吳居藍說：「讓他們沒有能力再作惡就行了。」

他的意思應該就是沒有財力、也沒有能力再來打擾我們，我發現吳居藍雖然久不在人世居住，但他在處理事情上遠比我這個人類考慮還周到。我沒有再多問，放心地交給他去處理。周不聞對我和江易盛心存餘情，吳居藍也沒有對他趕盡殺絕，但從他別有所圖地出現在我和江易盛面前時，就註定了我們絕不可能再是朋友。以後我們就是沒有關係的陌生人，他的未來和我無關。

我拿起鏡子仔細看了起來，和以前一模一樣，完全看不出來被打開過。

吳居藍說：「那張海圖，我讓Violet放回了鏡子裡，算是原物奉還。」

我考慮了一會兒說：「我想把鏡子留在這個屋子裡，不帶回海島了。」倒不是提防繼母再起貪念，而是，不想再把他們捲入到麻煩中。

吳居藍無所謂地說：「都是妳的房子，妳喜歡放哪就放哪。」

我敲了敲鏡子，好奇地問：「周老頭說繪製那張海圖的布料是傳說中的鮫綃，真的嗎？」

「是人魚做的東西，人類把它叫做鮫綃。」

果然，周老頭說的話是真的呢！我唏噓感嘆地說：「高祖爺爺竟然真的遇到了人魚！天哪，好神奇！人家怎麼想見都見不到，我們家竟然有兩個人遇到了人魚！可是，高祖爺爺從來沒有告訴過太爺爺嗎？為什麼爺爺一點都不知道呢？一句都沒有對我提過！」

吳居藍的表情很古怪——尷尬、窘迫、為難，躊躇著欲言又止，似乎完全不知道該如何開口的樣子。

我十分驚訝，他這個面癱臉竟然會有這麼豐富的表情？什麼事情會讓他都覺得尷尬為難？

突然間，我福至心靈，把所有事情聯想到了一起——一八六五年，吳居藍被人下藥抓了起來，受傷後倉促地回到海裡。紐約島和海島看上去很遙遠，可都在太平洋，對人魚而言，是沒有疆界的同一片海域。更何況，吳居藍第一次登上陸地做人就是在海島所在的大陸，他對這片大陸有感情。

我指著他，滿臉震驚地說：「是、是……你！海圖是你給高祖爺爺的？」

吳居藍表情怪異地輕輕點了下頭。

「你、你……是高祖爺爺遇見的魚神！」我覺得頭很暈、心跳很急。

我當然知道他的壽命比人類漫長，但是，知道是一回事，親眼見到活生生的證據是另外一回事。想到我爺爺的爺爺曾經和他交談過，把他奉若神明，而我現在和他談戀愛，還企圖把他變成我們家的女婿，我突然覺得……我真的好剽悍、好厲害啊！

吳居藍肯定想到了這件事會對我產生衝擊，很是不安的樣子。

我心裡有點不舒服，伸出手，掐了一下他的臉頰。

吳居藍詫異地盯著我的手，又是一副被冒犯到的表情。

我誠懇地檢討自己，看來還是我調戲得太少，他竟然還沒有適應！

我還想再掐，他抓住了我的手。我立即換了一隻手，非常愉快地再次冒犯了一下他的另一邊臉頰，他無可奈何地再次抓住了我的另一隻手。

我笑嘻嘻地看著他，他恢復了凜然不可侵犯的面癱臉，我的心裡舒服了。

我不解地說：「高祖爺爺都把自己的神奇經歷告訴了周老頭的爺爺，沒有道理不告訴自己的子孫啊！爺爺應該知道這些事吧！可是他怎麼從來沒有對我提過呢？」

吳居藍的目光很是深沉，慢慢地說：「大概是不想妳有心理負擔，希望妳像正常人一樣平靜地生活。」

我點點頭，「也是！如果不是遇見了你，這些事還是不知道的好。對了，高祖爺爺真的救了你嗎？」

吳居藍說：「我需要一味解毒的藥，那種藥只長在內陸的高山上。我因為有傷，沒有辦法變身。妳的高祖爺爺是一個很善良的人，幫我找來了那味藥。」

我笑：「難道我不善良？」

他掃了眼我被他緊緊抓著的兩隻手，面無表情地保持了沉默。

剛才看到他的神情尷尬不安時，我心裡不舒服，想要他恢復平常的面癱樣；這會兒他波瀾不興了，我又總想看到他的禁欲臉上出現裂痕。我這到底是什麼惡趣味？

我眼睛一瞇，想把手掙脫，他知道我又要使壞，抓著沒有放。

我不懷好意地朝他笑笑，你以為我的手不能動，就沒轍了嗎？

我嬉笑著撲了上去，企圖用嘴去咬他。吳居藍左躲右閃，又不敢真的用力怕傷到我，他叫：「小螺！小螺……」

這個時候，你叫什麼都沒用，我才不會聽呢！

終於，我如願以償地撲倒了他。

我壓在他身上，故意做出色迷迷的惡霸樣子，「美人，今天你就從了我吧……」

「哈哈哈……」江易盛的爆笑聲從樓梯上傳來。

在他的聲音掩蓋下，還有一個小小的偷笑聲。毫無疑問，一定是想笑卻不敢笑的巫靚靚了。

我僵化了，愣了三秒鐘，立即翻身坐起，鬱悶地瞪著吳居藍：你的非人好聽力呢？

「我想提醒妳，妳不肯聽。」吳居藍面無表情地解釋完，翻身坐起來，看向江易盛和巫靚靚。

巫靚靚立即收斂了表情，做出一本正經的樣子，順帶還給了江易盛一個肘擊，警告他也收斂。

江易盛連忙也做出一本正經的樣子，可看到我，忍不住又笑了起來。

我沮喪地想，吳居藍面無表情是高深莫測、不怒自威，我的面無表情是裝模作樣、心虛膽怯。

我索性破罐子破摔，原形畢露，順手拿起一個靠墊，惡狠狠地砸了過去，「有什麼好笑的？」

江易盛笑嘻嘻地接住，做出一副低眉順眼的小心樣子，「大王息怒，小的有正事稟奏！」

「什麼事？」

「我已經在美國玩了十一天，醫院只給了我兩個星期的假，我必須要回去了。妳看妳是再在紐約住一段時間，還是和我一起回去？」

我徵詢地看著吳居藍。雖然我現在也算是在紐約有了一個家，可紐約對我的全部意義就是他。

吳居藍說：「隨妳。」

「那……我想回去了。紐約的冬天太冷了，不像海島的冬天，風和日麗，到處都還是綠樹鮮花。」

吳居藍說：「好，我們回去。」

他對巫靚靚吩咐：「幫我申請簽證、買機票，這次我和小螺一起坐飛機回去。」

我一聽樂開了，吳居藍如今是有身分證件的人了！以後我們想去哪裡就能去哪裡了！

巫靚靚遲疑著說：「Regulus，您……」

吳居藍盯著她。

巫靚靚勉強地笑了笑，說：「好的，我下午就去辦。」

我裝作沒有看見巫靚靚的異常，什麼都沒有問。既然吳居藍沒有告訴我，那就是我無須知道。

吳居藍對江易盛說：「在你走前，你能不能抽時間去一趟Violet的研究室，做一次全面的身體檢查？」

江易盛似乎想到了什麼，看了一眼巫靚靚，沒有說話，臉上的嬉笑表情卻漸漸消失了。

我不解地問：「檢查什麼？」

吳居藍說：「Violet的研究室有人類世界最好的腦科神經專家，還有專門研究遺傳精神病的專家。江易盛的病不見得能完全根除，但也許能降低發病的機率。」

巫靚靚說：「人類目前的醫學研究並不能完全根治基因遺傳的疾病，但也不是束手無策。就像子宮頸癌和乳腺癌，藉由注射疫苗或提前手術，可以降低百分之七十五左右的發病機率。影星安潔莉娜就是利用手術將自己得乳腺癌的機率從百分之八十七降低到了百分之五。而且我們很幸運，有Regulus在，他們……他對治療江易盛的病會有很大幫助。」

江易盛冷笑了兩聲，對巫靚靚說：「妳的意思是說，我不僅要知道自己有可能會變成瘋子，還要把這個變成瘋子的機率精確地計算出來。我現在還可以告訴自己我也許像爺爺，但檢查後，我卻會知道我一定會像爸爸？」

巫靚靚說不出話來。任何身體檢查都會是兩種結果——好消息、壞消息。

江易盛冷冷地說：「不是只有妳懂醫學，妳以為我這些年沒有看過其他學者的研究資料嗎？請不要自以為是地插手我的私事，我和妳沒那麼熟！」他說完，轉身就向樓下走去。

巫靚靚立即追了過去，「易盛，易盛……」

我顧不得去安撫江易盛，壓著聲音，著急地問吳居藍：「你真的有可能幫到江易盛？」吳居藍說：「人魚和人類做為進化的兩個分支，走向了兩條截然不同的道路。就像北極熊和熊貓，同一個祖先，可因為選擇不同的生活環境，北極熊現在是肉食性的凶悍猛獸，熊貓卻變成了草食性的觀賞動物。相較人類對外在力量的倚重，人魚的進化一直是圍繞自身，人魚對腦域的開發、對身體各個器官的瞭解和使用的確比人類強。我不能說一定，但有很大可能我可以幫到江易盛。」

看來巫靚靚之前已經私下和吳居藍詳細地溝通過，確定了可行。我立即說：「我去勸江易盛接受檢查！」

「小螺，應該……」

事關江易盛的未來，我十分著急，顧不得再聽吳居藍的分析，疾風一般衝下樓梯，想要盡快去說服江易盛。

可是，當我衝到客廳，一個轉彎，跑到過道裡。正要往江易盛的臥室衝去，卻猛地急剎車停住了，眼前的一幕是——

巫靚靚雙手按在牆上，身體緊貼著江易盛，把他壓在牆上，正在強吻他。

我半張著嘴，目光呆滯地看了三秒，默默轉身，躡手躡腳地走回了客廳。

吳居藍站在旋轉樓梯的樓梯口，倚著樓梯的扶手，似笑非笑地看著我。

這個非人類的耳朵肯定早聽到了動靜，明明知道發生了什麼，卻不阻止我。我紅著臉向他揮了下拳頭。

吳居藍說：「我說了『應該不用了』。巫靚靚的勸說方法肯定比妳的更有效率。」

我回想著剛才看到的畫面，雙手捂著發燙的臉頰，開心地笑了起來。

好開心！好開心！這個世界上終於有一個女孩在完全知道江易盛家的情況和江易盛的情況後，依舊選擇了愛他！原來他那些年的孤單和傷心，只是因為還沒有遇到最好的這個！

我忍不住踮起腳尖，用力地抱住了吳居藍，「謝謝！」謝謝你出現在我的生命中，謝謝你讓巫靚靚出現在江易盛的生命中！

我拖著吳居藍坐到樓梯的臺階上，等著江易盛和巫靚靚。

我拿著手機，一直替他們算時間，驚嘆地說：「好長的時間！」

吳居藍在我腦袋上敲了下，「胡思亂想什麼呢？這會兒他們在說話。」

我興致勃勃地問：「在說什麼？」

吳居藍瞥了我一眼，顯然沒興趣回答我的問題。

我才不相信他們會只說話，也不相信以江易盛的性格會不「反擊回去」。我嘿嘿一笑，眼珠子骨碌碌一轉，把手機調到錄影的功能，決定去錄製……

吳居藍拎著我的衣領，把我拉了回去，「巫靚靚是柔道九段。」

我腦海裡生動地浮現出她那天像扛沙袋一般扛起江易盛的畫面，如果替換成我……

我打了個哆嗦，立即決定還是乖乖地坐著等吧！

又過了好一會兒，江易盛和巫靚靚一前一後走了出來，看到我和吳居藍並排坐在樓梯上，一副「排排坐、分果果、看大戲」的樣子，兩人都一愣。

江易盛說：「吳大哥，我跟你去檢查身體。」

我悄悄對巫靚靚做鬼臉、豎大拇指，故意是兩個相對的大拇指，還輕輕地碰了碰。

巫靚靚的臉唰一下就紅了，我差點「嗷嗚」一聲叫起來。江易盛到底又做了什麼，竟然讓巫女王臉紅了？

江易盛扭頭看了一眼巫靚靚，笑咪咪地對吳居藍說：「吳大哥，我有很多小螺小時候的照片，你要看嗎？」

赤裸裸的威脅！我立即求助地挽住吳居藍的手臂。

吳居藍對我和顏悅色地說：「沒有關係，妳可以把他小時候的照片拿給巫靚靚。」他又對江易盛說：「做為報復，如果你還有小螺的什麼祕密，都可以告訴我。」

我和江易盛面面相覷。

巫靚靚「噗嗤」一聲笑了出來，她朝我眨眨眼睛，「歡迎你們倆繼續內鬥、互相揭發！」

四個人一起吃過中飯後，吳居藍和江易盛去Violet的研究所檢查身體，巫靚靚去公司幫吳居藍準備簽證文件，我一個人留在了公寓裡。

我有點無聊，決定找本書來看，在書房的書架間慢慢地走著。

吳居藍的藏書很多，不亞於一個小圖書館，只是書的語言種類也很多，幾乎囊括了歐洲各個國家的語言，而我唯一懂的外語就是英文，所以我能看的書並不多。

我抽出了那本丹麥文的《Agnete and The Merman》。我們到紐約的第一個晚上，吳居藍看著書架上的這本書說：「以前我讀過的書。」

我以為他是說看過這個故事，現在明白了，他的意思就是字面的意思——他讀過這本書。扉頁上有安徒生的親筆簽名，別的都看不懂，但Regulus卻看懂了。

又是一位已經化作了皚皚白骨的故人！我感慨地嘆了口氣，輕輕地把書又放回了書架上。

最終，我拿了一本英文版的《安徒生童話》，靠在會客室的沙發上看了起來。

翻開扉頁，目錄上的名字基本都熟悉，我選了那個人人都知道的《小美人魚》，也就是《海的女兒》。

一個短篇童話故事，大概情節我都知道，讀起來很快。只是，這一次很多情節都別有感觸。

比如，人魚公主變成了啞巴，不能開口講話。故事裡描述是因為她用自己的美妙聲音換了兩條人類的腿，我卻覺得更有可能是她的變身不徹底。像吳居藍一樣，在某些情況下，發音器官依舊停留在人魚的形態，自然就沒有辦法發出人類的聲音。

還有，故事裡說因為人魚公主失去了聲音，不能講話，所以她沒有辦法告訴王子真實的情況。王子不知道是她救了他，誤以為是人類公主救了他，愛上了人類公主。可我覺得人類和人魚都是高等智慧的生物，怎麼可能因為不能講話就無法溝通？手勢、文字、繪畫都可以交流啊！

而且，就算人魚公主不能說話，只要她願意，完全可以找一個中間人轉達。她的姊姊，還有女巫，又沒有失去聲音，都可以去告訴王子真實的情況。與其說，人魚公主是因為失去了聲音，無法告訴王子一切，不如說是她自己選擇了不把一切告訴王子。

不過，我最不能理解的是故事的後半段。女巫給了人魚公主一把鋒利的匕首，讓人魚公主去殺掉王子，只有王子的鮮血和生命才能讓人魚公主返回大海，繼續活下去。

故事為什麼會變成「不是你死，就是我亡」的局面呢？難道一個女孩得不到男人的愛情，就必須殺了他，才能拯救自己嗎？

我正天馬行空地推敲著這個童話故事，突然，門鈴聲響了。

我立即拿著書，往樓下衝，快到門口時，才反應過來，不可能是吳居藍，他知道開門的密碼。但是，也不可能是陌生人，否則大堂的櫃臺人員和開電梯的David不會讓他上來。

我打開了監視器，站在門外的居然是Violet。

我想了想，打開了門。

Violet微笑著問：「我能進去坐一會兒，和妳聊幾句嗎？」

「請進！」

我走進廚房，詢問：「咖啡還是茶？」

「茶，不用準備奶和糖了，我和中國人一樣，已經愛上了茶的苦澀。」

「這樣的話，那我請您喝功夫茶。」

我端出整套茶具，為她沖泡了一壺中國的大紅袍。

Violet一邊喝茶，一邊拿起我隨手擱在沙發上的《安徒生童話》。

Violet微笑著問：「有沒有覺得自己很幸運，竟然遇到了童話故事中的人魚？」

我說：「我是很幸運，不過不是因為遇見了童話故事中的人魚，而是因為遇見了吳居藍。」

Violet說：「請不要覺得我今天來意不善，我對Regulus絕對忠心。」

我喝著茶，未置可否。她刻意挑吳居藍不在的時間來見我，肯定不僅是為了和我喝茶聊天氣。

Violet沉吟了一下，說：「Regulus應該告訴過妳，他上一次來紐約時，發生了一件很不愉快的事。」

「說過。」

「Regulus品行高貴，肯定沒有告訴妳是誰出賣傷害了他。」

「沒有。他只是說一個好朋友請求他在戰場上保護她的情人，他為了救那個男人，不小心暴露了身分，沒想到戰爭剛結束，那個男人就設計陷害了他。」

「好朋友？竟然仍然認為是好朋友……」Violet喃喃重複了好幾遍，對我說：「那個出賣了Regulus，對他下藥，聯合外人把他抓起來的人是我的太爺爺。」

我放下茶杯，驚疑地看著Violet。

「那個請求Regulus保護她的情人，後來又帶著人放火燒了Barnum Museum劇院，冒死把Regulus救出來的人是我的太奶奶。那場大火不僅燒毀了一座大劇院，還燒死了十幾個人，其中一個就是我的太爺爺。」

Violet苦澀地笑了笑，「從某個角度來說，我的太奶奶親手殺死了太爺爺，那場大火之後，奶奶說太奶奶一生再沒笑過。當然，不僅僅是因為太爺爺，更因為她覺得愧對Regulus。如果太奶奶能親耳聽到Regulus依舊認定她是朋友，不介意那件嚴重傷害到他的事，她一定會非常開心。」

Violet把《安徒生童話》放到我面前，「既然妳已經見到了真正的人魚，請允許我向妳介紹侍奉人魚的女巫。我的太奶奶、奶奶都是追隨侍奉Regulus的女巫，我也是！」Violet對我優雅地彎腰行禮。

「什麼？女巫？」我的神經再堅強，也被嚇了一跳。

Violet笑著說：「很奇怪嗎？每個人魚的故事裡都有我們女巫的存在啊，雖然常常扮演著邪惡的角色！」

我吶吶地說：「只是沒有想到……女巫也是真實存在的。」

Violet說：「在歐洲歷史中，女巫是不可缺少的重要篇章，我們當然是真實存在的了。妳對女巫的瞭解是什麼?」

我不好意思地說：「我對歐洲歷史沒什麼瞭解，只是在好萊塢的電影裡看過女巫。穿著黑衣服，戴著尖帽子，騎著大掃帚，可以在天上飛來飛去。」

Violet笑著說：「這個世界充滿了無窮的可能性，但我的家族和我認識的女巫都沒有能力騎一把掃帚就可以在天上飛，雖然這的確很環保，值得提倡！」

我禁不住笑了笑。

Violet說：「我們家族和人魚的結緣要上溯到十五世紀羅馬教廷對女巫的捕殺。最早導致獵殺女巫的原因並不是因為那種『特殊能力』，而是因為當時有這麼一群女人，她們識字，研究人體和動植物，會配製藥物幫人療傷救命，並以此為生。但是，她們的存在危及到羅馬教廷的信仰。

「一四八四年，兩位教士亨利希和司布倫格寫了《女巫之槌》21，在羅馬教皇英納森八世的支持下發動了『女巫審判』，對女巫進行追捕和獵殺。幾百年間，幾十萬女性，有的研究資料說是上百萬，死於獵殺女巫的酷刑下。我的祖先非常幸運，她們遇見了人魚，在人魚的幫助下，平安的度過了那段黑暗恐怖的日子。」

Violet說：「現在提起『獵殺女巫』，聽的人沒有什麼感覺，只覺得是一個很遙遠的名詞，可只有身處其間的人才會明白在羅馬教廷的支持下，這個法案的影響力有多麼深遠和多麼恐怖。妳猜猜

---

21 一說寫於一九八六年，是教導女巫獵人和法官如何識別巫術，此書出版讓當時代歐洲社會對女巫的偏見與迫害更嚴重。

最後一起審判女巫的案子發生在什麼時候。」

我想了想說：「一八幾幾年？」

Violet搖搖頭，「一九四四年，女巫海倫．鄧肯被英國政府逮捕。」

我吃驚地說：「一九四四年？」

Violet微笑著說：「妳看！對女巫的迫害，並沒有妳所想像的那麼遙遠。一七三五年英國通過了《巫術法案》[22]，直到一九五一年才被邱吉爾廢除。妳可以想像從一四八四年到十九世紀末，我的祖先們的生活是多麼艱難。從十五世紀，我們和人魚締結盟約開始，我們就追隨侍奉人魚族，不僅是因為他們救了我們，也不僅是因為女巫和人魚一樣被人類視作異類，還因為人魚一直幫助我們繼續做自己喜歡做的事——研究我們的『邪惡巫術』，人體的祕密，每個植物、每個動物的祕密。

「從過去到現在，女巫都渴望瞭解肉體裡藏著的祕密，想要更健康的體魄、更年輕的容顏、更長壽的生命……以前被視作異端，只有人魚認可我們的執著，但現在……我們被叫做科學家。」

Violet自嘲地笑了笑，說：「現在，每個女人比過去的女巫更瘋狂地追求容顏的年輕美麗！羊胎素、胎盤素、玻尿酸、肉毒桿菌……各種神奇的巫術都被看作了合理的存在，即使那些研究通靈的女巫也只是在研究『超自然現象』。我的祖先一直在幻想這一天的到來，沒有人魚的幫助和資助，我們堅持不到今天。」

Violet凝視著我，非常誠懇地說：「我們欠了人魚很多很多，我們家做為Regulus一族的追隨者，更是欠了他很多很多。請妳相信，我對Regulus的愛與忠誠絕對不會比妳少。」

我絲毫不懷疑她對吳居藍的忠誠，但是，就如同婆婆肯定都深愛自己的兒子，可對兒媳婦嘛……我說：「您今天來的目的究竟是什麼？」

Violet端起一杯茶，安靜地喝完後，說：「安徒生從他的角度講述了《小美人魚》的故事，妳想不想聽一下從女巫的角度講述的《小美人魚》故事？」

我一直知道好奇心害死貓的道理，謹慎地說：「如果和吳居藍有關，我才會想知道。」

Violet說：「人魚和我們人類的進化方向不同，人類倚重科技這些外力，人魚的進化卻一直是圍繞自身。每個人魚的體內都有一顆珍貴的靈魂之珠，人魚的靈珠和他們的精神力息息相關。」

我問：「什麼叫精神力？」

Violet說：「很難用我們人類的名詞去精確其定義，簡單地說就是不像強壯的拳頭、鋒利的牙齒這些眼睛能直接看到的肉體力量。比如，人魚的歌聲就是他們精神力的一種外在表現形式。還有，人魚和海洋生物之間的神祕溝通方式，人魚像海豚一樣的回聲定位，這些看不見、摸不著的力量，都算作人魚的精神力吧！」

我點點頭，表示大概明白了。

Violet說：「很久很久以前，有一個人類王子去大海遊歷，一條從來沒有去過陸地、也從來沒有見過人類的小人魚好奇地跟隨著王子的船，一直偷看他們。很不幸，王子的船遇到了暴風雨，掉進了海裡。小人魚想救他，可惜她自己還不足夠強大，暴風雨又實在太大，王子還是被淹死了。小人

22《巫術法案》：合法殺害被認為是女巫的法令。

魚很內疚，捨不得王子就這麼死去，一時衝動將自己的靈魂之珠給了人類王子。有了人魚靈珠的力量，王子死而復生……」

我忍不住打斷了Violet的講述，好奇地問：「難道周老頭說的起死回生之術真的存在？」

Violet解釋說：「所謂的起死回生只是一種相對而言的概念，一種對我們還不瞭解的技術的敬畏稱呼。比如，我們現在切開大腦、移植內臟，已經很尋常，可如果讓古人看到，肯定會震驚地說是起死回生的祕術。人魚只是可以透過自己的靈珠救活溺水而亡的人，而且時間有嚴格的限制，對人類別的絕症並沒有辦法。」

我點頭，「明白了！」

Violet繼續講述：「本來，這並不是什麼大不了的事情，用自己珍貴的靈珠去救人類的人魚，小人魚不是第一個，肯定也不是最後一個。反正人魚的壽命遠比人類漫長，她只需耐心等候，等到人類王子死了，把靈珠拿回來就好了。小人魚救活了王子後，決定把王子送到陸地上，為了確保王子獲救，小人魚把他送到了一個有人類居住的地方。當她躲在礁石後，看到昏迷在岸邊的王子被人救走後，她放下心來，打算返回深海，沒有想到卻被人類的漁船發現了。因為海上的風暴和救了王子，小人魚已經非常疲憊，在逃離人類捕捉的過程中，小人魚受了重傷。她必須拿回自己的靈珠，否則她就會死去。但是，王子一旦失去了靈珠，就會死去。」

我聽得整顆心都吊了起來，明明知道故事的結局，依舊緊張地問：「小人魚去找王子拿回自己的靈珠了嗎？」

Violet說：「人魚雖然是力量強大的種族，卻喜好和平，從來不隨意殺戮。人魚靈珠的轉讓原則也不是殺戮，而是心甘情願。如同人魚要心甘情願讓出靈珠去救王子一樣，王子也必須心甘情願放棄靈珠，人魚才能拿回自己的靈珠。可是有誰會輕易放棄自己的生命呢？小人魚不知道該怎麼辦，只好求助於追隨自己家族的女巫。女巫是人類，很瞭解人類天性中的自私自利，想讓一個人類為小人魚捨棄生命，絕無可能，唯一的可能就是讓他愛上小人魚。

「我奶奶說過『愛情是這世界上最神奇的巫術，它能讓自私者無私、怯懦者勇敢、貪婪者善良、狡猾者愚鈍』。小人魚在女巫的幫助下，上了陸地，來到了王子的身邊，但是，王子已經愛上了那個把他從海岸邊救回、並悉心照料他的人類少女。不管小人魚是多麼美貌聰慧，多麼努力地想引起王子的注意，王子自始至終都沒有愛上她，而是一直愛著那個心地善良的人類少女。無可奈何下，女巫準備了鋒利的匕首，想要幫小人魚強行拿回靈珠。

「但是，小人魚已經深深地愛上了品性正直、對愛情忠貞的王子。不管女巫和姊姊們如何哀求，她還是心甘情願地再次放棄了靈珠，化成泡沫死去，用自己的漫長生命換了人類王子短暫的一世歡愉，甚至他都完全不知道小人魚為他所付出的一切。」

Violet低下頭，用紙巾輕輕地擦去了滑下的淚珠。

Violet的眼淚讓我心裡驚濤駭浪，恨不得自己只是置身於惡夢中，只要醒過來，就什麼事都沒有發生過。我努力告訴自己只是一個故事，一個很遙遠的故事而已……但是，我比誰都清楚，Violet怎麼可能特意跑來，只是單純地對我講一個故事，還講得自己潸然淚下？

Violet抬起了頭，目光犀利地盯著我，就好像鋒利的匕首抵著我的命脈，不允許我有任何退路。

我聲音顫抖地問：「如果人類有了……人魚的靈珠，她的身體會、會……有什麼徵兆？」

「表面上不會有任何的異常變化，醫院裡的檢測儀器也完全檢測不出來。她不可能長出魚尾，不可能突然就能在水裡來去自如，也不可能壽命變長。但是，她的身體會變得比以往更好，幾乎不會生病，就算生了病也康復得比別人快。」

我喃喃說：「原來……竟然是這樣啊！」

Violet說：「Regulus……」

我站了起來，努力克制著內心的震驚和恐懼，對她說：「請您離開！」

Violet急切地說：「小螺，讓我把話說完，我必須要告訴妳……」

我指著門，厲聲說：「我和吳居藍之間的事，輪不到您來告訴我！有什麼話，您讓吳居藍來親口告訴我！」

「小螺，Regulus……」

我一下子情緒失了控，捂著耳朵尖叫起來，「我讓妳離開！離開！馬上離開……」

Violet急急忙忙地朝門口走去，「好的，我離開，我立即離開！」她站在門口，高聲說：「小螺，我知道妳需要一點時間來接受我說的一切，我會等妳的決定。」

門重重地關上了，屋子裡只剩下我一個人。

我依舊捂著耳朵，一動不動地站著。但是，有些事情不是不去聽，就可以當作它不存在的。

隔著朦朧的淚光看出去，四周依舊是熟悉的一切，可是，原本的一室溫暖已經變成了刺骨寒涼，無邊無際的黑暗從四面八方洶湧而來，將我從頭到腳淹沒，讓我連喘息都覺得艱難。

我驚慌失措、什麼都沒帶地逃出了屋子，隱隱約約聽到櫃臺人員和我說話，我充耳不聞，徑直走出了大廈。

我沒有分辨方向，隨意地走著，反正也沒有能去的地方，只是想遠離一下吳居藍。

冷風吹到身上，帶來刺骨的涼意。

我覺得我應該靜下心來，好好地思索一下，但是，身體內的每一寸地方都充斥著驚恐和憤怒，讓我的大腦一片混沌蒼涼，不知道能想什麼，也不知道能做什麼，只能不停地走著。

走著走著，我的眼前出現了一個藍色的湖泊，不知不覺中我就停下了腳步。

雖然我也算是一個在海邊長大的孩子，可我對水的感情並沒有比其他人類更深厚，直到我愛上了吳居藍——來自海洋深處的人魚，我才真正愛上了水。

任何時候，看到藍色的水面，我都會情不自禁地微笑。吳居藍的諧音是吾居藍，我愛的人居住在藍色的水裡呢！

因為愛上一個人，所以愛上了和他有關的一切。所有代表他的一切，都會讓我覺得溫暖幸福。

但是，現在我看著湖面，卻沒有了溫暖幸福的感覺。

因為，我會忍不住地去想那些吳居藍給我的溫暖和幸福，究竟是因為我，還是因為我身體內的人魚靈珠？

我站在湖邊，靜靜地凝視著湖面，回想著遇見吳居藍後所發生的一切。

那個悲傷的清晨，我拉開了門，他倒在了我家的院子裡。

赤裸的雙腳上傷痕累累，他應該走了很多的路，才艱難地找到了我。一百多年過去了，人類社會發生了翻天覆地的變化，語言、文字、交通工具、通信方式……全部都變了，他肯定沒有想到自己會那麼狼狽地出現在我面前。

吳居藍並不是沒有接觸過人類社會、不瞭解人情世故的人魚，他肯定明白那麼落魄狼狽的他讓我喜歡上幾乎絕不可能，但是「絕不可能的可能」竟然發生了……

我雙手交叉，貼放在胸前。

難以想像，這個身體內竟然有屬於吳居藍的東西。

當年，高祖爺爺幫助了吳居藍，吳居藍應該慷慨地允諾了高祖爺爺的一個願望。對海上的漁民而言，最害怕的就是淹死在大海裡，吳居藍用能「起死回生」的靈珠做為報答，讓高祖爺爺不再畏懼下海。但做了一輩子漁民的高祖爺爺和曾祖爺爺都沒有用到，爺爺也沒有用到，我卻在七歲那年意外溺水。

原來，我經常做的惡夢是真的，我真的曾經死過，只不過，爺爺用吳居藍饋贈的靈珠救活我。

原來，茫茫人海中，吳居藍和我的相遇，並不是毫無理由。他是特意尋我而來，為了取回他的靈魂之珠。

難怪剛見到他時，我總會被他的一個眼神就嚇得心驚膽顫，不是我膽子太小，而是我動物的本能，感覺到了他對我的殺意。

他那驕傲淡漠的性子，估計一想到居然要委曲求全地想辦法讓我心甘情願地愛上他，就很鬱悶、很不耐煩吧！肯定恨不得一掌劈了我，直接把屬於他的東西拿回去。反正有恩於他的是我的高祖爺爺，他已經用「借出靈珠一百多年」的實際行動報答了。

可惜，事情超出了他的預料，他昏倒在我的腳邊，我對他有了「滴水之恩」，他只能在「一掌劈死我」，還是「讓我心甘情願的歸還」之間糾結……

我忍不住微微地笑了起來，真可惡！本來是他有求於我，我可以享受一下美男的引誘和追求的，但是，他竟然完全無視規則，硬生生地把一切變成了我想盡辦法去討好他、追求他！

我心甘情願地愛上了他，他不但不張開雙手熱烈歡迎，還一次又一次冷酷地推開了我！真是可惡啊！

漸漸地，剛剛發現一切的驚恐和憤怒平靜了，只剩下綿綿不絕的悲傷纏繞在心頭，隨著心臟的每一次跳動，尖銳地痛著。

我向著藍色的湖面笑了笑，輕聲說：「本來應該懲罰一下他的欺騙，玩一下失蹤，讓他好好著急一下，可是……我捨不得讓他著急擔憂呢！」

不管他是因為什麼才對我好，我愛他卻是不可改變的事實。我可以不清楚他的心意，但我不可以不清楚自己的心意。

我轉過身，朝著公寓的方向，腳步堅定地走了回去。

☆ ☆ ★ ☆ ☆

經過一段僻靜的林蔭小道時，一聲呼喚突然傳來，「沈螺！」

我停住腳步，回過頭，看到了Violet。

Violet快步走到我面前，目光炯炯地盯著我，殷切地問：「妳想清楚了嗎？」

不是不理解她的心情，但還是讓我覺得很不舒服。我冷冷地說：「有沒有想清楚，都是我和吳居藍之間的事，不用妳管！」

我轉身就要走，卻突然感覺到後頸傳來針扎般的疼痛。

我回過頭，震驚地看著Violet。

她拿著一個已經空了的注射器，喃喃說：「對不起！」

我張開了嘴，卻發不出任何聲音，整個世界都變成了搖晃的虛影。我身子發軟，腳步踉蹌，努力地想抓住什麼，卻只看到Violet的身影越來越模糊，最後變成了一片漆黑。

Chapter 19 這就是我們的選擇

如果我們的相擁只能隔著荊棘，那麼我願意用力、更用力一點地抱緊他！
即使荊棘刺穿我的肌膚，刺進我的心臟，
只要能距離他近一點、更近一點！

當我再次恢復意識、睜開眼睛時，發現自己在一個實驗室裡，或者說手術室裡。

我穿著白色的無袖長裙，平躺在一個手術床上，頭頂的手術無影燈照著我，不遠處的手術臺上是琳琅滿目的刀具和手術器械，似乎只要再進來一個醫生，就可以開始對我進行開膛剖肚的手術。

一瞬間，我很迷惘，不明白我為什麼會在手術室裡。我生病了嗎？緊接著，我就想起了Violet和我昏迷的原因。

我驚恐萬分，想要立即跳下手術床，卻發現身子發軟，根本使不上力氣。我掙扎了好一會兒，才連跌帶撞地從手術床上翻滾到了地上。

我盯著那扇代表著逃生的門，掙扎著向門口爬過去。

突然，門被打開了，巫靚靚穿著醫生白袍走了進來。

她看到我不在手術床上，而是在地上，愣了一愣，急匆匆地朝我走了過來。

我驚懼地掙扎著後退。

巫靚靚停住了腳步，她不安地說：「抱歉！我以為妳還在沉睡，卻忘記了妳的體內有人魚靈珠，不能以正常人的體質來看。」

我已經退到了牆角，再沒有了退路，反倒慢慢地平靜了下來。

我仰頭盯著巫靚靚，譏諷地說：「抱歉什麼？抱歉妳們要把我開膛剖肚嗎？」

巫靚靚的表情很窘迫，她緩緩地蹲到了地上，減少了對我居高臨下的壓迫感。她說：「奶奶的確曾經這麼想過，她派我去海島時，曾對我說『那種巫術般的愛情太虛無縹緲了，我們必須做好另一個行動方案的準備』。我在見妳的第一面時，就沒安好心，我覺得很抱歉！」

我沒有想到她這麼坦白，呆呆地看了她一陣子，想起了第一次見到巫靚靚的那個夜晚。

她指著桌上的海螺說：「天王旁立著女王，像是娥皇女英、雙姝伴君，但你可知道，天王赤旋螺是專吃女王鳳凰螺的？」我以為這句評論海螺的話是對我說的，沒有想到，她其實是對吳居藍說的。她在婉轉地遊說著吳居藍——食物鏈上，一個生物奪走另一個生物的生命很正常。

難怪吳居藍會在飯桌前反常地說：「我正式宣布，沈螺是我的女人，從現在開始，如果任何人再對她有任何不良企圖，我都會嚴懲。請在採取行動前，仔細考慮一下能否承受我的怒火。」

當時，我只覺得吳居藍的話又雷又囧，如今才發現，他的話句句都有深意，他不僅僅是在警告周不聞和周不言，也是在警告巫靚靚和巫靚靚背後的Violet。

原來，我以為新朋舊友相聚、溫馨浪漫的晚餐，一桌六個人，除了江易盛和我，其餘四個人的心思壓根兒不在晚餐上，也一點沒有覺得氣氛溫馨浪漫。

真是譏諷啊！

我苦澀地問：「妳們現在想把我怎麼樣？」

巫靚靚沉默了一下，說：「奶奶希望妳能把人魚靈珠還給Regulus。」

我看了眼手術臺上放置的手術刀，問：「妳們現在已經有自信可以強行拿回靈珠了嗎？」

「距離《小美人魚》的故事已經過去了上千年，女巫的知識和技術都有了很大的進步。不過，我們還從來沒有做過這件事，只是一種理論上的自信。奶奶想要的最佳方案當然是妳能心甘情願地同意。」

看來他們的打算是我同意最好，如果我不同意，他們也不介意強行剖開我的身體。我說：「妳們這麼做，吳居藍知道嗎？」

巫靚靚沒有直接回答我的問題，而是反問道：「妳覺得呢？」

我背靠著牆壁，坐在地上，一言不發地沉默著。

吳居藍肯定知道巫靚靚她們的企圖，但是，從一開始，他就嚴厲地警告了巫靚靚。甚至，他特意帶著我來紐約，安排了盛大的酒會，當眾下跪求婚，舉行了一個相當正式的訂婚儀式，應該也是為了讓Violet他們承認我，不至於亂來。

我想起了他對Violet他們說的那句話：「沈螺是我選定的生命伴侶，從今日起，我們分享生命賜予的所有榮耀，也分擔生命帶來的所有苦難。」

當時，我就被這句話深深地觸動了，可直到今日，我才真正完全理解這句話背後的千鈞之重。

我含著眼淚，笑了起來。

巫靚靚看到我的表情，輕扯了扯嘴角，說：「幸好我一早就打消了奶奶的念頭，告訴她絕不可能欺騙妳這是老闆的意願。」

我問：「妳們這樣對我，不怕吳居藍發怒嗎？」

巫靚靚盯著我，表情十分複雜，「怕！但……我們沒有選擇！」

我說：「吳居藍現在在哪裡？江易盛的檢查結果應該已經出來了吧！」

巫靚靚一言不發地站了起來。

她走到操作臺前，按了一個按鈕，百葉窗緩緩升起來，我這才發現一整面牆都是用玻璃做的。我有點莫名其妙，不知道她為什麼要打開窗簾，不耐煩地瞪著站在玻璃牆前的巫靚靚。可是，當百葉窗升起到一半時，朦朦朧朧中，我看到了一條喀什米爾藍寶石般色澤瑰麗的藍色魚尾，在水波裡輕輕搖曳。

吳居藍！

我從來沒想過會在陸地上的某個屋子裡看到他的人魚形態，差點失聲驚叫，立即手腳並用，迅速地爬到了玻璃牆前。

整個屋子就是一個長方形的容器，三面牆是堅硬的金屬，朝著我們的一面牆是玻璃，很像海洋生物館裡那些豢養鯊魚的巨大魚缸。

「魚缸」大概高約四百尺多，裡面有深約三百尺的海水。吳居藍下半身浸泡在水裡，頎長碩大的藍色魚尾像是美麗的藍色綢緞般隨著水波輕輕蕩漾。他的上半身浮在水面上，頭無力地低垂著，明顯處於昏迷狀態。藍黑色的頭髮飄散而下，半遮著臉，看不清他的面容。

他的手臂上纏繞著鐵鍊，雙臂被迫張開，猶如古希臘神話中受難的神祇般，被扯成了一個「十」字形。八根粗粗的鐵鍊一端固定在屋子的上下八個角，一端緊緊地纏繞在他身上，像一張巨大的蜘蛛網，將吳居藍鎖了個結結實實。

她們怎麼敢這麼對吳居藍?!

憤怒像火山爆發一般噴湧而出，讓我竟然一下子站了起來。我撲到巫靚靚身上，想要掐死她。

巫靚靚沒有反抗，聲音嘶啞地說：「我們……只是按照老闆的命令辦事。」

我憤怒地吼叫：「吳居藍會命令妳們這樣對他？不管妳們怎麼對我，我都能理解，畢竟妳們是為了吳居藍好！可妳們要是敢傷害他，我就算死也會拖著妳們一塊死！」

巫靚靚眼睛裡滿是淚花，「江易盛像他爸爸，遺傳性精神病發作的機率是百分之八十九。」

我一下子愣住了，百分之八十九？這個機率簡直是在說江易盛必然會變成瘋子！

巫靚靚的眼淚順著臉頰滾落，她說：「老闆為了幫江易盛治病，不得不恢復人魚的形態。經過老闆的治療，江易盛現在的發病機率可以控制在百分之六以下。」

我一方面為江易盛感到高興，一方面更加憤怒，譏諷地質問：「這就是妳的報答方式嗎？還是，從一開始就是妳的計策，妳利用江易盛的病把吳居藍誘進陷阱？江易盛只是妳的一個誘餌？」

巫靚靚盯著我的眼睛，一字字說：「沈螺，我愛江易盛，一如妳愛老闆！我們這麼做真的是老闆的命令！」

我相信了她說的話，慢慢地鬆開了掐著她脖子的手。

我整個人都趴在了玻璃牆上，目不轉睛地盯著吳居藍。

裡面沒有開燈，唯一的光源就是我們這邊的燈光。透過玻璃牆，隱隱約約地照到吳居藍的身上。他的皮膚異常白皙，纏繞在他身上的鐵鍊卻是黑褐色。水波蕩漾間，光影忽明忽暗，那些鐵鍊就好像化作了無數條毒蛇，正在將他纏繞絞殺。

我聽見自己的聲音輕飄飄地響起：「究竟是怎麼回事？他為什麼要這麼對自己？」

巫靚靚說：「老闆為了替江易盛治病，過度的使用了自己的精神力。就像一個人過度使用肌肉，必然會承受肌肉拉傷勞損的疼痛，老闆現在正在忍受過度使用精神力的痛苦。只不過，這種痛苦遠比我們想像的強烈。老闆怕自己在失控下會把這個研究室摧毀，所以讓我們用最堅硬的鈦合金鍊條鎖住了他。」

我喃喃自語：「過度使用精神力？」吳居藍之前肯定有過激烈的掙扎，身體上有鱗片覆蓋的地方還好些，沒有鱗片覆蓋的前半身，幾乎被鍊條磨得皮開肉綻。

Violet的聲音在我身後響起：「人魚的精神力和他的靈珠息息相關，失去了靈魂之珠的人魚應該很難使用精神力。我完全沒有想到Regulus還能使用人魚的歌聲。即使有滿月的幫助，那天晚上他也應該忍受著巨大的痛苦，才能完成這件對他而言已經是能力之外的事。

「其實，憑Regulus的力量，他完全可以直接殺了所有人，永絕後患。但是，只因為妳是人類，他不想讓妳有心理陰影，就寧可自己去承受恐怖的痛苦。就像現在，只是因為江易盛是妳關心在乎的人，Regulus就不惜代價地去救他。」

我看著被鐵鍊重重鎖縛、遍體鱗傷的吳居藍，眼睛裡湧起了淚水，忍不住拍了一下玻璃牆，低聲罵：「真是個傻瓜！」

Violet說：「在我們眼裡，Regulus還很強壯，可實際上，做為人魚裡力量最強大的種族，他已經很虛弱了。小螺，妳願意心甘情願地把妳體內的人魚靈珠還給Regulus嗎？」

我慢慢地轉過了身子，靠著玻璃牆，看著Violet。

Violet說：「妳有任何想做卻未做的事情，我們都可以代妳完成！妳的親人只有爸爸和媽媽，可是妳的爸爸媽媽都已經各自有了幸福的家庭。即使沒有了妳，他們的生活也不會受任何影響！在這個世間，妳沒有任何牽掛，可以平靜地離開！我保證妳不會感到任何疼痛，就像睡覺一樣，妳會沉入一個寧靜溫馨的美夢中……」

「奶奶！」巫靚靚面露不忍，出聲想打斷Violet的話。

Violet卻完全沒有理會巫靚靚，而是目光專注地盯著我，循循善誘地說：「妳不是愛Regulus嗎？現在就是Regulus最需要妳奉獻出妳全部愛意的時刻！」

「我……」

「我願意」三個字在我的舌尖上徘徊，並不是因為Violet魔女般的遊說，而是因為我真的心甘情願。當我在湖邊，想清楚自己的心意，轉過身朝著公寓走回去時，我就已經做了決定。

突然，我感覺到背部傳來一陣震動，立即回過頭，看到吳居藍頎長碩大的藍色魚尾正在上下拍打，打得水面上浪花翻湧。他的身體劇烈地掙扎著，被鐵鍊拉在空中的雙臂青筋暴起，連藏在手指裡的鋒利指甲都露了出來。八條粗粗的鐵鍊被抓得簌簌直顫，整個屋子都跟著有點搖晃。他像是一頭發怒的猛獸，似乎就要掙脫鎖鍊，飛撲過來。

我著急地拍打著玻璃牆，大聲地叫：「吳居藍、吳居藍……」

巫靚靚一邊熟練地操作著儀器，一邊安撫我說：「只是又一輪疼痛發作，一會兒就會過去。」

我整個人趴在玻璃牆上，緊張擔憂地看著吳居藍，卻對他的痛苦束手無策。

Violet站在我身側，急促地說：「Regulus應該快醒了，妳如果想要救他，就必須盡快做決定！只要妳說一聲『願意』，Regulus就不用再忍受痛苦的折磨！當他再次醒來時，就會恢復全部的力量，想在海洋裡生活，就在海洋裡生活；想在陸地上生活，就在陸地上生活。難道妳不希望Regulus繼續自由自在地活下去嗎？」

怎麼可能不希望呢？我願意用我所有的一切去交換他的幸福！

但是，他肯定也是這麼想的……

我凝視著被鐵鍊捆住的吳居藍，對Violet說：「妳說過『愛情是世界上最神奇的巫術，它能讓自私者無私、怯懦者勇敢、貪婪者善良、狡猾者愚鈍』。」

「我是這麼說過！」

「妳只說對了愛情的一面，愛情還有另外一面，它會讓無私者自私，勇敢者怯懦，善良者貪婪，愚鈍者狡猾。」

Violet像是不敢相信一樣，驚訝地瞪著我，「妳說什麼？」

我說：「面對深愛的人時，不管是多麼善良無私的人，都會變得貪婪自私，不願分享，只想獨占，貪婪地想讓他只對自己一個人好，最好能更好、再更好一點，越多越好；不管是多麼勇敢愚蠢的人，都會變得怯懦狡猾，因為有了牽掛、有了擔憂，會為了愛人，怯懦地忍受原本不能忍受的一切，也會在愛情裡變得猜忌多疑起來。」

Violet不耐煩地問：「妳究竟想說什麼？」

「我想說，妳對愛情的理解太自以為是了！就算是不顧一切的犧牲也要問對方願不願意接受！否則，也許給予的不是幸福，而是遺恨！」

Violet惡狠狠地瞪著我。

我也惡狠狠地瞪著她，「要麼妳現在用強迫的辦法逼我就範，要麼就讓我等吳居藍醒來！就算我要離開，我也要好好地和吳居藍告別，確定他接受我的選擇，會繼續好好地生活，因為我牽掛他，不放心他，我不能就這樣無聲無息地離開他，這就是我的自私和怯懦！」

Violet目不轉睛地瞪了我一會兒，眼睛裡漸漸地盈滿了淚水。突然，她彎下了身子，向我深深地鞠了一躬，「我們絕不敢違逆Regulus的選擇，請原諒我所做的一切！」說完，她立即轉身，疾步離開了。

我驚疑不定地看向巫靚靚。Violet放棄把我開膛剖肚了？這麼容易就放過了我？

巫靚靚含著淚笑了笑，說：「老闆已經一再警告過我們，甚至在幫江易盛治病前，又警告了奶奶一次。妳是老闆選定的生命伴侶，奶奶絕不敢真的傷害妳，她只是誘導妳自己發布命令，她做命令的執行者。」

我雙腿一軟，沿著玻璃牆，跪倒在地上。
玻璃牆內，吳居藍也平靜了下來。
我的臉貼在玻璃牆上，痴痴地看著他。
他的雙臂被鐵鍊綁在空中，身子向前傾，頭無力地低垂著，看上去十分平靜安寧，沒有一點剛才狂暴的樣子。
巫靚靚看著儀器上的各種資料，說：「老闆應該快醒來了，但要變回人身還需要一段時間。」
我說：「能讓我進去嗎？我想進去陪著他！」
巫靚靚猶豫了一下，同意了我的請求。

我通過注水管道游進了「大魚缸」裡。
游到近處時，吳居藍身上的傷口看得更清楚了，十分猙獰嚇人。雖然我知道他體質特殊，傷口的恢復速度簡直可以說是快速。但是，我依然覺得很心痛，恨不得一巴掌拍醒他，質問他為什麼不能另想一個辦法。
我拿出巫靚靚幫我準備的藥水，一點點灑在他的傷口上。
我一邊要讓自己浮在水面上，一邊要注意避開吳居藍的身體，唯恐一個不小心就拉扯到鐵鍊，把他勒得更痛了。

可是，這畢竟是在水裡，很簡單的上藥動作卻變得越來越費力，我的身體不受控制地一點點向下沉去。

突然，我感覺身子一輕，竟然如同站在陸地上一樣穩穩地立在了水裡。

這種感覺十分熟悉，我低頭一看，果然是吳居藍的魚尾。平平攤開的尾鰭就像是一隻強壯有力的巨大手掌，托著我的腳，將我托了起來。

吳居藍醒了?!

我立即朝他看去，他慢慢地抬起了頭，緩緩地睜開了眼睛。

一般人剛從昏迷中醒來時總會有一瞬間的迷茫，吳居藍卻目光湛然、表情堅毅，就好像他從來沒有昏迷過。只不過，他湛藍的雙眸裡流露著恐懼，急切地盯著我，似乎我會隨時消失不見。

我擔心他又被鐵鍊勒傷，皺了皺眉說：「放開我。」

他卻魚尾一擺，直接捲住了我，同時雙手用力地拉住鐵鍊，想讓我更加地靠近他。幸好巫靚靚善解人意地及時解開了鍊條，只聽到「喀嗒、喀嗒」幾聲脆響，八條鐵鍊全部鬆開了。

我鬆了口氣，急急忙忙地想要幫他把纏在身上的鐵鍊解開，他卻理都沒理身上的鐵鍊，而是雙手一得自由，就一手摟著我的背，一手摁著我的頭，用力地吻住了我。

我下意識地掙扎了幾下，他卻更加用力，野蠻地撬開了我的嘴，長驅直入地衝進了我的口裡，用他粗礪的舌頭舔舐糾纏著我的舌。我被他吻得幾乎要斷氣時，他才放開了我，卻依舊有些狂躁不安，不停地吻著我的耳朵和脖頸。

我隱約明白了他的反常，摟住他的脖子，在他耳邊輕聲呢喃：「我在這裡、我在這裡，我沒有答應Violet……」

吳居藍終於漸漸平靜了下來。他騰出一隻手去解身上的鐵鍊，近乎粗魯地生拉硬拉，對自己的傷口完全不在意。

可是，我在意！

我抓住了他的手，「你別動了，我來吧！」

他托著我，安靜地漂浮在水中。

我低著頭，小心翼翼地幫他解開鍊條，偶爾力氣不濟時，他會伸手，幫我分擔去大部分重量。直到我把他身上的鍊條全部解開後，我才抬起頭看向他。

四目交接，兩個人的眼睛裡都有太多情緒在翻湧，陷入了古怪的沉默中。我是想說，卻不知從何說起；而他，應該是還沒有辦法說話。

在這個密閉陰暗的空間裡，整個世界縮小到只剩下我和他，人世間的斗轉星移、潮起潮落都好像屬於遙遠的另一個世界。

我輕輕地撫摸著他的面孔，將他溼漉漉的頭髮全部撥到了腦後。

我撫過他的眼睛，漫天星河在他的眼裡緩緩流動；我撫過他的鼻子，晨曦微風在他的鼻翼裡慢慢吹過；我撫過他的嘴脣，他張開嘴，用鋒利的牙齒溫柔地咬住了我！

如果可以就這樣，藏在懷裡，咬在口裡，不放開！

永遠都不放開……

我勾住了他的脖子，含著淚低聲說：「再抱緊一點。」

他用整條魚尾包住了我，雙臂纏繞在我的背上。我像是一個被蠶繭裹起來的蠶寶寶一般，被他緊緊地擁在了懷裡。

我說：「再緊一點！」

他越發用力，勒得我全身上下都痛，可是我們依舊想要更加用力，恨不得直接把自己嵌進對方的身體裡。

我閉上了眼睛，想就這樣和他相擁在一起，直到時間變成灰燼、世界化為虛無。

★ ☆ ★ ☆ ★

過了很久，吳居藍的聲音突然響起。

「小螺？」

我微微動了一下，表示自己聽到了。

他問：「Violet把一切都告訴妳了？」

我點點頭。

他說：「妳沒有答應Violet，我很開心！」

如我所料，他聽到了Violet和我的對話。

他說：「就算Violet不告訴妳，我也會告訴妳一切，我只是想讓妳再多一些無憂無慮的時光，所以一拖再拖。我知道妳現在有很多問題想要問我，我會向妳一一解釋。」

我抬起了頭，盯著他問：「你愛我嗎？」

他毫不遲疑地說：「愛！」

我展顏而笑，又依偎到了他的懷裡。

他愣住了，遲疑地問：「妳……沒有別的問題了嗎？」

我搖搖頭。

他說：「妳不生氣嗎？」

我搖搖頭。

在那個初遇的清晨，他看到我的第一眼，目的並不單純，甚至有過殺我的念頭。但是，事情因何開始的並不重要，重要的是過程和結果。我清楚地感受到了他的愛，也清楚自己對他的愛。我不想再浪費我們的時間去糾纏一個開始，尤其，我們的時間也許已經很有限……

我輕聲地叫：「吳居藍！」

他溫柔地回應：「嗯？」

「我願意給你我的一切，包括我的生命。」

吳居藍微笑著說：「我知道！我一直……都知道！」

「你已經做了選擇嗎？」

「嗯！」

「你……」我口舌發顫，用盡全身的力氣努力讓自己的聲音聽起來正常一點，「你真的不能……看著我變老變醜了嗎？」

「對不起！」

「呵……這樣也挺好！你只能記住我最美麗的樣子了！」

我肌肉發顫地笑著，想讓自己舉重若輕一點，不要再加重本就已經很沉重的悲傷了。

但是，淚水不由自主地湧進了眼眶。

原來，他坐在我的床邊，凝視著我病中的睡顏，一筆一畫、仔細繪製出的那三張素描圖，不是因為想傷害我才那麼筆端細膩、栩栩如生。而是因為那是他心底深處最渴望實現的願望。

千年漫長的壽命，卻不能再有短短幾十年去照顧我變老、變虛弱。

我努力想克制，不想在他面前哭泣，卻怎麼都沒有辦法克制住。淚水潸然而下，猶如斷線的珍珠一般一顆顆滑落，墜在了他的脖頸上。

吳居藍靜靜地擁抱著默默哭泣的我。

從知道他身分的那天起，我就一直在糾結我短暫的生命該如何陪伴他漫長的生命。我一直以為他是因為這個原因才一次又一次地拒絕我，現在我才明白，他一次又一次的狠心拒絕是另有原因。

不是我的生命有限，而是他選擇了讓自己的生命有限！

他怎麼能對自己那麼冷酷呢？

如果我臉皮稍微薄了一點，行動稍微遲疑了一點，他是不是就像小美人魚一樣什麼都不解釋地永遠消失了呢？

可是，王子不愛美人魚，我卻愛他啊！

他怎麼能讓我傷透了心之後，還懵懵懂懂，甚至根本不知道自己失去了什麼。

他怎麼能對我這麼冷酷呢？

各種複雜的情緒交雜在一起，像是蜘蛛網一般密密地纏繞進我的心臟，絞殺著我，讓我痛得似乎就要暈過去。

我猛地張口，狠狠地咬在了他的肩頭。

吳居藍紋絲不動地立在水中，沒有躲避，也沒有絲毫防禦，任由我重重地咬進了他的肉裡，一手還輕輕地撫著我的背，安撫著我的痛苦。

我滿嘴血腥，看著殷紅從他的肩頭一點一點向下蔓延，將水面染成了胭脂紅。

我的眼淚洶湧而下，趴在他肩頭，失聲痛哭了起來。

我現在才真正理解了，那個繁星滿天的夜晚，他的三個問題。

「這就是妳的選擇？」

「就算會給妳帶來痛苦？」

「就算會給我帶來痛苦？」

他質問的不僅僅是我，更是他自己。他強迫我思考的生離死別並不是指我離開他，而是指他離開我。

吳居藍撫著我的背說：「我很清楚，奉獻的一方需要勇氣，接受奉獻的一方更需要勇氣！對不起！」

我哭著搖頭，不需要對不起，也沒有對不起！

一顆又一顆冰涼的、小石子般的東西墜落在我的臉頰和脖子上。剛開始，我沒有留意，直到有幾顆順著我的臉頰，滾落到他的頸窩。

是……珍珠？

我驚訝地抬起了頭，竟然看到一顆瑩白的珍珠從他的眼睛裡沁出，順著臉頰緩緩滑落，熒熒珠光，就像是一顆墜落的星辰，慢慢地消失在天際。他原本澄淨美麗、湛藍如寶石的眼睛漸漸地變成了濃墨一般的黑色，根本看不到瞳孔，就像是所有星辰都毀滅了的漆黑蒼穹，沒有了光明，只剩下了悲傷。

我慌亂地伸出手摸著他的眼睛，想要堵住他的眼淚。我一邊努力地微笑，一邊語無倫次地說：「不要傷心！不要傷心……你知道的，我的臉皮很厚，比海龜殼都厚，我什麼都不怕！我真的什麼都不怕！不要擔心我，你看你那麼打擊我，我都能轉眼就滿血復活，我就是個可以抵抗打擊的奇葩小怪物……

「我剛才哭只是發洩一下，發洩完後我就好了！我很堅強，真的很堅強！不堅強能追到你這個老怪物嗎？你放心，我會好好的，一定會好好的，一定會活得比你在時還好……」

我越說，一顆又一顆的珍珠滾落得越快。我的眼淚也不知不覺中再次潸然而下。

我閉上了嘴巴，沉默溫柔地親吻著吳居藍的嘴唇。

吳居藍說：「對不起！」

我微笑著搖頭，對不起，對不起什麼呢？

對不起你選擇了愛我嗎？對不起你選擇了讓我活下去嗎？

如果這是你的選擇，也就是我的選擇。

我看著一顆顆落在我們身上的珍珠，含著淚，微笑著說：「這就是我的選擇！就算會給我帶來痛苦，就算會給你帶來痛苦！」

愛情和人生一模一樣，永遠都是鮮花與荊棘同在。如果我的愛情是鮮花，我願意擁抱它的美麗芬芳；如果我的愛情是荊棘，我也會毫不猶豫地擁抱它的尖銳疼痛。

因為，當我擁抱鮮花時，是吳居藍用甜蜜和微笑為我種下的美麗芬芳；當我擁抱荊棘時，他的整個胸膛早已長滿了用自己鮮血澆灌的荊棘。

如果我們的相擁只能隔著荊棘，那麼我願意用力、更用力一點地抱緊他！即使荊棘刺穿我的肌膚、刺進我的心臟，只要能距離他近一點、更近一點！

Chapter 20

恆星一般的生命

有的人註定是恆星，
即使遠離，甚至死亡，
那光芒依舊留在你的星空中，照耀著你。

半個月後。

我和吳居藍在海島舉行了婚禮。

婚禮的地點選擇了停泊在大海中的一艘遊艇上，既腳踏實地，又漂浮在海天之間。遊艇被江易盛和巫靚靚裝飾得美輪美奐，活脫脫像是童話故事中的夢幻之船。

因為吳居藍對氣味和聲音很敏感，不喜歡嘈雜擁擠的人群，我也正好不喜歡，所以我們的婚禮只邀請了最親近的人。

吳居藍那邊是Violet和巫靚靚。我這邊是江易盛和沈楊暉。爸爸仍在養病，沒有辦法參加，沈楊暉就算代表爸爸了。媽媽要照顧兩個孩子，人又遠在加拿大，也沒有辦法及時趕來參加婚禮，我答應了她會把婚禮的影片寄給她。

其實，從法律上來說，一個星期前，我和吳居藍已經按照最嚴格的法律程序登記註冊為夫妻。

但是，這一刻，碧海藍天下，聽到Violet問：「吳居藍，你願意接受你身邊的女人成為你的生命伴侶嗎？分享生命賜予的所有榮耀，也分擔生命帶來的所有苦難？」我還是覺得心臟有一剎那幾乎停止了跳動。

吳居藍握著我的手說：「我願意！」

Violet問：「沈螺，妳願意接受妳身邊的男人成為妳的生命伴侶嗎？分享生命賜予的所有榮耀，也分擔生命帶來的所有苦難？」

我笑了笑，凝視著吳居藍的眼睛說：「我願意！」

Violet說：「從現在開始，你們就是彼此生命的伴侶，可以親吻你們的伴侶了。」

吳居藍微笑著掀開了我的面紗，我閉上了眼睛，把自己放心地全部交給了他。

大家吃完我和吳居藍精心準備的海鮮大餐後，決定告辭，把整個遊艇還給我和吳居藍。

「祝你們蜜月愉快！」江易盛給了我一個大力的擁抱後，帶著沈楊暉坐小船先離開了。

巫靚靚最後檢查了一遍船上的所有設備，叮囑我說：「隨時和我們保持聯絡！」

「我會的！」

Violet問：「決定了去哪裡嗎？」

我說：「中國人說嫁雞隨雞、嫁狗隨狗、嫁個板凳抱著走，吳居藍到哪裡，我就去哪裡。」

Violet笑了起來，感嘆地說：「Regulus的海洋之行……很令人期待啊！一定會看到許多令人大吃一驚的事物，記得拍了照片給我們看！」

我笑著說：「好的！靚靚送了我防水相機，我會善加使用。」

Violet說：「那我們走了，等您們回來。」

我把她們一直送到了船舷邊。

巫靚靚已經下到了小艇裡，Violet正要下梯子時，我說：「Violet……」

Violet停住了腳步，耐心地看著我。

我覺得不好意思，欲言又止。

Violet說：「您是Regulus的生命伴侶，不管任何事，我都願意為您效勞。」

我越不好意思了，回頭看了眼正在駕駛艙裡專心準備開船的吳居藍，確定他沒有留意我們。我往Violet身前湊了湊，壓低聲音，吞吞吐吐地問：「《Agnete and The Merman》的故事裡說……Agnete為金髮人魚生了孩子，是真的嗎？」

Violet愣了一愣，忍著笑說：「是真的！」

我漲紅著臉問：「那我、我……和吳居藍……」

「也可以的。」

我喜悅地說：「謝謝妳！」

Violet搖搖頭，「是我應該謝謝您！」

我笑了笑，沒有再多言。

Violet說：「祝您們蜜月快樂！」

☆ ☆ ☆ ☆ ☆

目送著Violet和巫靚靚開著小艇離開後，我正要彎身收起懸梯，吳居藍快步走了過來，「我來吧！」

他把梯子收好後，轉身看著我，面無表情地問：「出發嗎？我的新娘！」

他可真是永遠用最正經的口氣說著最不正經的話！我禁不住大笑起來，摟著他的脖子說：「出發吧！我的新郎！」

他說過最想要我陪他去大海上，從現在開始，我就陪著他去看他出生、長大的地方，分享他收藏的美妙時光和記憶。

☆ ☆ ☆ ☆ ☆

隨著天色越來越黑，我們的船距離人群居住的陸地也越來越遠，天地之間似乎只剩下了我們。

吳居藍設定了自動駕駛，由著船慢慢地駛向海洋的深處。

黑夜顯得格外寧靜，海浪起伏的聲音聽得十分清楚，像是某種生命律動的節奏，正在向我們傾訴著什麼。

我和吳居藍赤身裸體地裹在一張大毯子裡，相擁躺在甲板上，靜靜地看著頭頂的蒼穹。

繁星密布、星光閃爍，璀璨的銀河橫跨在天上。

無數星辰匯聚而成的銀河光芒萬點、絢爛閃耀，就好像一條波光粼粼、奔騰流動的大河。

我向著蒼穹，伸出了一隻手，像是要去摘一顆星星。

吳居藍的手從我的胸前，沿著肩膀、手臂撫摸而上，繞過我的手腕，和我十指交纏在一起。

漫天星光璀璨，照耀著我們交握的手。

在整個蒼穹之下，億萬顆星辰間，我們顯得多麼渺小，可是，渺小的我們，卻能看見浩瀚的整個蒼穹。

在這漫天的繁星中，很多看似明亮閃耀的星星其實早已熄滅死去，有的甚至已經死了幾千萬年。可是，因為我們的眼睛依舊捕捉著它們的光芒，它們的美麗在幾千萬個光年之外被感知，和其他活著的星辰一起璀璨閃耀。

生和死，在這瑰麗輝煌的宇宙間，根本難以分辨。

有的人註定是恆星，即使遠離，甚至死亡，那光芒依舊留在你的星空中，照耀著你。

——那片星空，那片海〔下卷〕卷終

後記

〔獨家收錄〕

二〇一三年到二〇一四年是我對生和死想的很多的一年。

二〇一一年年末，我爸爸去紐約探望我時，一個清晨接到故鄉的消息，他的二哥，我的二伯去世了。

這是爸爸的兄弟姊妹中第一個去世的兄弟，走得很突然，爸爸深受打擊。那幾天，我看著他的狀態，意識到他老了。

我出生和長大的城市都不大，外面的世界總會給我一種莫名的誘惑和期待。小時候我喜歡三毛，她浪跡天涯，走過的地方是那麼神祕離奇，連一個沙漠的名字聽起來都那麼性感。我也想去看看那個多姿多采的世界，紐約的喧囂、巴黎的奢華、倫敦的優雅……

如我所願，從我十八歲高考後離開家的那天起，我一直在流浪，從一個城市到一個城市……那些只在電影裡看到過的畫面，我一一親身經歷。

我以為我還會樂此不疲的繼續下去，但就在我意識到我的父母老了時，我突然覺得我也累了。

我開始思考停駐。

二〇一二年經過努力，公司同意放我先生回去。二〇一三年四月，我搬家到了香港。一個距離父母的家不算近的城市，可相比太平洋的距離，三個小時的飛機實在是短得讓父母太開心了。我可以隨時來一次想走就走的回家，他們也可以經常來看我。

我以為這是一個新的開始。

但是，九月的一個深夜，爸爸突發腦溢血，病危入院，做了開腦手術。

十天不知生死的煎熬，一點風吹草動就心驚肉跳，每次手機響起，都會心臟痙攣，生怕是那個壞消息……經過生死線上的掙扎，在住進醫院的第十天后，醫生說危險期度過、命保住了，但是讓我們做好準備，身體會偏癱，恢復生活自理的機率不大。

機率不大不是沒有機率，我們為了最渺小的希望付出了最巨大的努力。在家人的精心照顧下，爸爸在三個月內能再次行走，做到了生活基本自理。主治醫生說算是一個奇蹟了。這期間媽媽流了多少淚，爸爸為了康復做了多少近乎軍人般的訓練……都可以翻了過去，畢竟再痛苦的過程，只要結果好，那就好了。

我以為這是一個新的開始。

但是，二〇一四年六月，爸爸因為手術後的併發症癲癇發作，導致顱內大出血，再次上了手術臺。將近一年的奮鬥，醫生和我們有了感情，主治醫生告訴我媽媽狀況時，都忍不住淚下：可以進行第二次手術，但是，手術只有三種結果——手術中死亡；手術成功，保住了命，但不會恢復意識，也就是植物人狀態；恢復意識，但全身癱瘓。

醫生向我們闡述全身癱瘓就是生活完全無法自理，手和腿都不能再動，並且會喪失語言，因為這次手術碰到的神經區域和語言區相連。他怕我們心存不切實際的幻想，向我們強調不要再抱有任何幻想，一定是全身癱瘓，因為沒有人的大腦經受得起這麼大的兩次開顱手術，能睜開眼睛就是奇蹟。醫生含蓄地表示選擇放棄手術也不失為一個選擇。

顯然，三個結果裡沒有一個結果是好的，甚至很難說到底哪個好、哪個壞。

因為，我們還沒有準備好接受離別，所以，我們選擇了進行手術。

結果是：手術成功，平安度過危險期，保住了性命，但是爸爸再沒有意識。

因為沒有意識，他無法張口進食，所有食物通過管子直接打入胃裡，這種痛苦，即使大腦已經沒有了意識，身體依舊會自發顫抖；無法自主排痰，所以喉管切開，插入管子，必須定時吸痰；無法自主翻身，為了避免身體長瘡，必須二十四小時守著、兩到三個小時翻一次身、定時按摩敲打……至於大小便不能自理這些已經不值一提了。

愛與被愛的人，奉獻與接受奉獻的人都很痛苦。讓人忍不住問究竟哪種選擇是正確的？

生亦何歡、死亦何苦。

以前覺得這是一句過於文藝的話，但真面對生死時，才會體會到其中深意。

在爸爸沒有意識的這段日子，我想起了很多過去的事，也思索了很多關於生命、關於生和死的事。甚至覺得冥冥中一切都有註定，否則，為什麼我漂泊了那麼多年後，怎麼就突然堅定地要回國呢？否則為什麼在第一次發病後，老天又給了他大半年的時間，讓他把身後一切都交待清楚？

二〇一五年的大年初一，爸爸平靜安詳地走了。

媽媽說除夕深夜，她坐臥不寧，心有所感。明明那夜不是她守夜，她卻去爸爸的床前、守著爸爸。半夜，爸爸居然睜開了眼睛，一直看著她，對著她微笑。

世間一切的愛，最終的結局都是別離。

在愛中，沒有所謂的理性選擇，只能聽從它，讓它去做決定，即使那個決定會帶來最痛苦的結果。

如果我們愛那個人，就必須熱烈地擁抱所有的痛苦，一如當初，熱烈地擁抱他給予的愛。

任何一種愛，都是深沉偉大的，可我們人類的肉體太過渺小，當我們承受愛的歡愉時，也必將承受愛的痛苦。

我翻看紀伯倫的全集，也翻看安徒生的童話全集。

面對生死、擁抱痛苦後，才發現，原來那些兒時的童話故事早早就用最簡單的方式告訴了我們一切。

所以，我寫了這個童話故事。

我的一位編輯做為最早的讀者看完這個故事後，和我探討說感覺文風變化很大，沒有以前故事的複雜、宏大、糾結，是因為要面對現在這個更年輕、更娛樂的輕閱讀化市場嗎？

我笑，不過是——

少年不識愁滋味，愛上層樓。愛上層樓，為賦新詞強說愁。

而今識盡愁滋味，欲説還休。欲説還休，卻道天涼好個秋。

桐華

茶蘼坊40

那片星空 那片海 (下)

作　　者　桐　華

總 編 輯　張瑩瑩
副總編輯　蔡麗真

責任編輯　蔡麗真
美術設計　洪素貞 (suzan1009@gmail.com)
封面設計　周家瑤
校　　對　仙境工作室
行銷企畫　林麗紅

社　　長　郭重興
發行人兼出版總監　曾大福
出　　版　野人文化股份有限公司
發　　行　遠足文化事業股份有限公司
地址：231 新北市新店區民權路 108-2 號 9 樓
電話：（02）2218-1417　傳真：（02）8667-1065
電子信箱：service@bookrep.com.tw
網址：www.bookrep.com.tw
郵撥帳號：19504465 遠足文化事業股份有限公司
客服專線：0800-221-029
法律顧問　華洋法律事務所　蘇文生律師
印　　製　成陽印刷股份有限公司
初　　版　2015 年 8 月

歡迎團體訂購，另有優惠，請洽業務部（02）22181417 分機 1124、1126

國家圖書館出版品預行編目 (CIP) 資料

那片星空那片海 / 桐華著 . -- 初版 . -- 新北市 : 野人文化出版 : 遠足文化發行 , 2015.08
冊 ;　公分 . -- (茶蘼坊 ; 39-40)
ISBN 978-986-384-082-4(全套 : 平裝)

857.7　　104013932

那片星空，那片海〔上〕〔下〕

線上讀者回函專用 QR CODE，您的寶貴意見，將是我們進步的最大動力。

野人

野人文化
讀者回函卡

書　名

姓　名　　□女 □男　年齡

地　址

電　話　　手機

Email

□同意 □不同意　收到野人文化新書電子報

學　歷　□國中（含以下）□高中職　□大專　□研究所以上

職　業　□生產／製造　□金融／商業　□傳播／廣告　□軍警／公務員
□教育／文化　□旅遊／運輸　□醫療／保健　□仲介／服務
□學生　□自由／家管　□其他

◆你從何處知道此書？
□書店：名稱 ______　□網路：名稱 ______
□量販店：名稱 ______　□其他 ______

◆你以何種方式購買本書？
□誠品書店　□誠品網路書店　□金石堂書店　□金石堂網路書店
□博客來網路書店　□其他 ______

◆你的閱讀習慣：
□親子教養　□文學　□翻譯小說　□日文小說　□華文小說　□藝術設計
□人文社科　□自然科學　□商業理財　□宗教哲學　□心理勵志
□休閒生活（旅遊、瘦身、美容、園藝等）　□手工藝／DIY　□飲食／食譜
□健康養生　□兩性　□圖文書／漫畫　□其他 ______

◆你對本書的評價：（請填代號，1. 非常滿意　2. 滿意　3. 尚可　4. 待改進）
書名 ____ 封面設計 ____ 版面編排 ____ 印刷 ____ 內容 ____
整體評價 ____

◆你對本書的建議：

野人文化部落格 http://yeren.pixnet.net/blog
野人文化粉絲專頁 http://www.facebook.com/yerenpublish

廣　告　回　函
板橋郵政管理局登記證
板 橋 廣 字 第 143 號

郵資已付　免貼郵票

23141
新北市新店區民權路108-2號9樓
野人文化股份有限公司 收

野人

請沿線撕下對折寄回

野人

書號：0NRR0040